LA FILLE DE BANGKOK

DÉJÀ PARUS DANS LA MÊME COLLECTION

1. Jeux de dames à Copenhague
2. Ces dames au casse-pipe
3. La Chasse aux femmes
4. Les Madones de Barcelone
5. Les Nymphes de Saint-Germain
6. La Demoiselle d'Orléans
7. Les Filles de Barbe-Bleue
8. Les Sirènes de l'Opéra
9. Les Femmes du gourou
10. Les Esclaves du dragon
11. Le Jardin des délices
12. La Foire aux filles
13. Les Diablesses de Soho
14. L'Étrangleur de ces dames
15. Les Anges du commissaire
16. Les Biches de Pattaya
17. Les Amazones du bois de Boulogne
18. La Vénus de Venise
19. Les Loups du Rhin
20. La Tigresse de Malte
21. Les Dames de compagnie
22. Le Vampire des Antilles
23. La Papesse de Zurich
24. La Diabolique de Bruges
25. La Tueuse de Hong Kong
26. Les Femmes fatales
27. Demoiselles de la clé
28. La Call-girl des Halles
29. Les Filles de l'Organisation
30. Les Débauchées de Hollywood
31. Les Innocentes pour un massacre
32. La Perverse de Vienne
33. Les Scandaleuses de Singapour
34. Les Innocentes aux mains pleines
35. Les Pêcheresses des Saintes
36. Les Jeunes Perverses
37. Le Salon des dames perdues
38. Les Pouliches d'Arabie
39. L'Experte voiage
40. L'Allumeuse des jackpots
41. Les Filles indignes
42. La Dame à la came
43. Jeunes proies pour loup-garou
44. La Dame de Birmanie
45. Les Sirènes du Vieux-Port
46. Les Magiciennes de Rome
47. Les Petites Gourmandes
48. Les Dames de la nuit
49. La Prêtresse aux seins nus
50. Les Novices de Kalgaï
51. La Rousse de Dublin
52. La Vallée des Sataniques
53. Les Démones de minuit
54. Les Vengeuses
55. Les Damnées de Caracas
56. La Flic
57. Les Exaltées de Colombo
58. Les Amazones de Bavière
59. La Débutante
60. Les Panthères du trottoir
61. Les Tueuses
62. Les Excitées de Manhattan
63. La Stripteaseuse
64. La Chienne d'Istanbul
65. Profession call-girl
66. Les dingues du Hainaut
67. Les Délices de Chinatown
68. La Belle de la Mafia
69. Les Reines de la nuit
70. La Petite sournoise
71. Les Belles insolentes
72. Les Nuits de Los Angeles
73. La Vie secrete d'Eva Norge
74. Les Chimères du crépuscule
75. L'Envers des choses
76. Les Traîtresses
77. Un si étrange plaisir
78. La Femme possédée
79. Les Initiés
80. L'Insaisissable
81. La Femme de l'ombre
82. Le Cri de la baleine
83. La Vérité sur Isabelle Aprieux
84. Medellin blues
85. La Passante du crépuscule
86. L'Autre côté de rien
87. Enquête réservée
88. Aucune femme n'est parfaite
89. Enquête sur un canard boiteux
90. La Nuit russe
91. Un monde à part
92. Un homme et des femmes
93. Un été seulement
94. Un certain soir
95. Le périscope rouge
96. Mourir à Paris
97. Dame de lune
98. Un pourri comme les autres
99. La Dernière Partie
100. Terreurs d'Asie
101. Paradis noir
102. Parties mortelles
103. Venue de Thaïlande
104. Rue chaude
105. Un Monde si cruel
106. Un si joli piège
107. Les Neuf Sœurs
108. Poupée de sang
109. Une si docile interprète
110. Vente au détail
111. Le Rapt de Sophie
112. Fausse sortie
113. Chaleurs corréziennes
114. Alerte à la blonde
115. Sexe, atome et vidéo
116. Le prix de l'argent
117. L'envers du jeu

PIERRE LUCAS

LA FILLE DE BANGKOK

POLICE DES MŒURS

VAUVENARGUES

ISBN : 2-7443-0029-2

CHAPITRE PREMIER

Le passage du contrôle d'immigration lors de l'arrivée à Roissy était le seul moment véritablement dangereux de l'opération. Lors d'un voyage précédent, un an plus tôt, la fille, excessivement droguée, s'était endormie dans la file d'attente et effondrée devant le CRS qui contrôlait les passeports. Damien Mourier s'était écarté et personne n'avait fait la relation entre la fille et lui mais toutes les dépenses engagées avaient été perdues.

Ce jour-là, il avait visé juste. Certes, la nouvelle avait le regard ensommeillé et l'air fatigué mais guère plus que beaucoup de voyageurs normaux après plus de dix heures dans un avion plein comme un œuf. Si le policier lui posait une question, son silence pourrait passer pour l'incompréhension d'une étrangère qui ne parle pas le français et il y avait peu de risques que l'autre connaisse le thaïlandais.

Mourier dut cependant lui donner un coup discret

dans le bras. Le réflexe joua et c'est d'un geste qui n'attira pas l'attention qu'elle tendit son passeport. Pour celui-ci, elle se nommait Charn Issara, née en Thaïlande, à Bangkok, juste dix-huit ans plus tôt.

Le passeport avait été payé assez cher pour qu'on soit sûr qu'il résisterait à tout examen, même approfondi, d'authenticité Le seul point faible était l'âge. Il était difficile de croire en regardant Charn, une belle enfant avec ses cheveux noirs attachés par un ruban rouge dans la nuque, qu'elle pouvait avoir les dix-huit ans annoncés. D'un autre côté, avouer son âge réel, aurait rendu nécessaire de déclarer un accompagnateur, ce que Mourier ne pouvait évidemment pas envisager.

Les Européens ont souvent du mal à évaluer l'âge des Asiatiques. Le policier ne trouva apparemment rien d'anormal car, après un coup d'œil machinal sur la photo et sur la fille, il lui rendit son passeport. Charn le prit et resta immobile. Damien la bouscula, comme par maladresse, pour la faire avancer, s'excusa et tendit son propre document.

Quelques secondes plus tard, ils avaient pénétré dans le hall. Granier se matérialisa devant eux.

— Par ici...

Les deux hommes étaient trop tendus pour

songer à échanger des politesses. Ils se collèrent contre la Thaïlandaise, un de chaque côté. Damien la prit par le bras et ils se dirigèrent vers les ascenseurs qui mènent au parking, s'efforçant de marcher normalement, sans hâte.

Ce n'est qu'une fois dans la camionnette Citroën Trafic qu'ils se détendirent. La partie derrière le chauffeur était entièrement fermée et invisible de l'extérieur. Ils mirent la fille nue, lui passèrent un tee-shirt, vérifièrent qu'elle n'avait aucune bague, lui ôtèrent même le lien rouge qu'elle portait dans les cheveux. Puis Mourier mit tous les vêtements, même les chaussures, dans un sac en plastique de Carrefour et alla le jeter dans une poubelle.

— On ne prend jamais assez de précautions, dit-il en revenant. Pour le passeport, je le garde en attendant de le brûler moi-même. Pas question de prendre le risque qu'un clodo le trouve en faisant les poubelles.

Henri Granier avait préparé des bandes de tissu.

— Avec ça, précisa-t-il, elle n'aura pas de marques sur les poignets ou les chevilles.

Ils attachèrent Charn sur un siège. Elle eut quelques velléités de résister mais se résigna très vite.

— Très efficace, ton petit cocktail, remarqua Henri. On a presque l'impression qu'elle trouve naturel de se retrouver à poil et ligotée sur un parking d'aérogare en France.

— Je crois que j'ai effectivement trouvé les bons dosages. Je vais quand même en rajouter un peu, pour qu'elle tienne jusqu'à ce soir.

Damien sortit une seringue de la trousse d'infirmière qui se trouva toute prête dans le véhicule et pratiqua une injection à l'épaule.

— Parfait. On peut y aller. Essaie de ne pas avoir d'accident.

— Je suis très prudent.

— Et mets le chauffage assez fort. Il ne faut pas qu'elle s'enrhume. Il commence à faire froid.

*

* *

— La soirée aura lieu ici ? Dans ce décor ?

Henri Granier avait posé la question en finissant de tourner lentement sur lui-même. Il faisait de nouveau face à une grande femme blonde à la quarantaine épanouie et distinguée, la baronne, ou se disant telle, Henriette de Boismoreau.

— Oui. Je ferai déplacer la table par mes valets. Ils la pousseront contre le mur, là. J'ai aussi l'intention de porter cette robe. Elle vous plaît, Maître ?

— Pas de « Maître » entre nous, s'il vous plaît. En plus, il y a longtemps que je ne plaide plus.

La robe était formée de longues bandes de tissu noir léger et semi-transparent qui s'ouvraient en dessous de la ceinture, formant deux fentes, une devant, une derrière, qui s'écartaient à chaque mouvement. Le décolleté était profond et lâche de façon à tout montrer quand la baronne se penchait. Il ajouta :

— Vous êtes très belle.

Il était sincère. En arrivant, il avait suivi la baronne dans le couloir, fasciné par le balancement de ses fesses à chaque pas. Nul doute que le spectacle ferait de l'effet, même aux plus blasés des invités de la soirée. En même temps, Granier ne pouvait s'empêcher de penser avec envie qu'elle n'avait jamais eu de soucis de sa vie, si on excepte les problèmes qu'on a pour bien placer son argent ou recruter du personnel ayant toutes les qualités requises. Lui-même avait grandi à Gennevilliers et avait durement gagné tout l'argent qu'il avait, au moins si on admet qu'épouser une femme riche est une manière de gagner « durement » de l'argent.

Le décor qui avait motivé la question initiale était celui de la grande salle de réception d'un château Renaissance. Les murs étaient de pierres apparentes mais abondamment colorés, pour trois d'entre eux, de tapisseries authentiques représentant des scènes de chasse et des bergers amoureux jouant de la flûte. Deux cheminées capables de recevoir des troncs d'arbres s'appuyaient au dernier mur, face à la porte. Des tapis, modernes, eux, recouvraient presque entièrement le carrelage rouge et noir du sol.

Le mobilier se limitait à une très longue table taillée dans un seul tronc de chêne entourée de chaises anciennes en tapisserie et à un grand lit à baldaquin, incongru dans une salle de réception mais qui n'y avait pas été placé sans raison.

— Il y aura du feu dans les cheminées, continuait la baronne. C'est sur cette la table qu'on mettra les boissons et les victuailles. Ceci vous conviendra ?

— Parfaitement. Mais il faudra ajouter des coussins, des canapés, des chaises, un ou deux guéridons pour poser les verres...

— J'y ferai pourvoir. Tu... Vous... Nous pourrions nous tutoyer, non ? J'ai beau être baronne, je tutoie tous les hommes à qui j'accorde mes faveurs. Entre nous, rien ne s'est encore passé mais j'ose espérer que c'est pour ce soir.

Henri Granier estimait être arrivé à un niveau élevé dans la société. Il était encore pourtant très loin de pouvoir parler de « mon personnel », n'ayant qu'une femme de ménage. Il se demanda si, en employant des expressions comme « faire pourvoir » ou « victuailles » ou encore « accorder mes faveurs », la baronne était naturelle ou snobinarde. Une fugitive envie de dire « Tourne-toi, que j't'encule » lui traversa l'esprit mais il renonça. Il la connaissait depuis trop peu de temps pour prendre des risques et provoquer des réactions imprévisibles.

L'avocat avait réussi à entrer dans le réseau deux ans plus tôt mais n'avait jamais encore été admis au château avant ce jour-là. Chacune des filles dont il aidait au trafic y participait à des partouzes organisées par de riches pervers avides de jeunesse et de fraîcheur. Chaque nouvelle, droguée avec soin, y subissait toutes les « fantaisies » imaginables – et ces gens avaient beaucoup d'imagination. Ceci durait quelques semaines puis, l'attrait de la nouveauté s'émoussant, la fille était revendue à une maison d'abattage dans le quartier de la Goutte d'Or.

Là, de plus en plus fortement droguées, les filles finissaient par être victimes d'overdoses, à moins qu'elles ne contractent une maladie sexuellement transmissible, ce qui signait leur arrêt de mort. Le réseau voulait garder ses clients en bonne santé.

Granier ne savait pas quel était le rôle précis de la baronne dans tout ceci. Il jugea avoir intérêt à la prudence et préféra demander :

— Votre personnel assistera à... à tout ?

— Il a été embauché pour ça *aussi*. À la fin de la soirée, quand tu seras épuisé tout comme les autres invités, mes domestiques s'occuperont des dames encore insatisfaites.

— Et vous ? dit gauchement l'avocat.

— Dis-moi « tu ». Tu veux savoir s'ils me baisent aussi ? La réponse est non. Une baronne ne se laisse pas sauter par un domestique. Par contre, ils savent qu'ils ont le droit de me sodomiser. Quand j'en ai envie, je sonne et je m'accoude à une fenêtre. Pendant la chose, je joue à celle qui ne sait pas ce qui se passe dans son dos. Quand c'est fini, j'attends que le valet soit parti pour me retourner. En général, je ne sais même pas lequel me l'a fait.

La baronne fut interrompue par Damien Mourier qui entrait en tirant Charn par le bras. Il avait pris de temps de faire boire à la Thaïlandaise un de ses cocktails. Il fallait qu'elle soit physiquement en forme, mais pas trop capable de penser. Il fallait aussi se dépêcher de la rendre dépendante de la drogue. Quand elle ne pourrait plus se passer de ses six doses quotidiennes, le risque qu'elle tente de s'enfuir ou de parler à ceux qui l'approcheraient deviendrait bien plus faible.

— Vous les prenez au berceau ! Ne put s'empêcher de s'écrier Henriette de Boismoreau.

— Vous savez, éluda Mourier, elle est moins jeune qu'elle en a l'air. Ces filles sont tellement mal nourries pendant leur enfance qu'elles grandissent peu et restent grêles.

— Comment s'appelle-t-elle ?

— Charn. Elle ne parle pas du tout français. Juste un peu d'anglais.

— De toute façon, se mit à rire la baronne, on ne la fait pas venir pour discuter de philosophie. Pour ce qu'on attend d'elle, il est facile de se faire comprendre par signes ! Elle est très belle. Je suis presque jalouse. Elle a la peau très claire, non ?

— Vous savez, il y a eu tant de soldats américains dans ces régions, que les Asiatiques au teint pâle sont assez nombreux. Surtout dans les milieux pauvres.

Le court tee-shirt de Charn descendait à mi-hanches, laissant le bas des fesses à l'air.

— Elle est en France depuis longtemps ? insista la baronne. Elle va tout accepter, j'espère. Il n'est pas question qu'elle refuse quoi que ce soit à mes invités.

— Elle est arrivée il y a une heure à peine, dit Granier. Pour la docilité, je vais vérifier tout de suite. Vous permettez ?

— Je vous en prie, dit-elle, très femme du monde à qui un invité demande la permission de fumer. En plus, je suis curieuse de voir votre membre, dont on m'a dit qu'il est très gros, dans cette minuscule fente.

L'avocat se tourna vers Charn.

— *Go to the bed.*

Elle recula vers le lit et s'y assit. Donc, comme l'avait dit Damien, elle comprenait au moins un peu d'anglais. Ceci faciliterait les choses.

Il s'approcha et fit basculer la fille sur le dos. Elle était parfaitement docile et, dès qu'elle eut compris ce qu'il voulait, écarta largement les jambes puis les soutint de ses mains pour offrir son sexe. La fente était très courte, plutôt en avant, bien renflée, « De vraies lèvres », pensa Henri Granier.

— Il faudra l'épiler, décida-t-il. Ça accentuera le côté fillette.

— On peut le faire tout de suite. J'ai ce qu'il faut, dit la baronne. Des rasoirs comme s'en servent les gynécologues quand ils doivent opérer à cet endroit.

— D'accord.

Elle sortit et Granier se pencha de nouveau vers le sexe et écarta la fente. Les lèvres intérieures étaient minuscules, le petit bouton bien saillant par contre. Il l'excita un instant en grattant légèrement de l'ongle sans provoquer de réaction, puis fit glisser son doigt et l'enfonça profondément. Le canal était mouillé, preuve que l'action de l'ongle avait eu, malgré tout, des effets.

— C'est encore bien étroit, dit-il à Mourier. On va se régaler, là dedans.

— Depuis Bangkok, elle me fait bander et je n'ai pas trouvé le temps de la baiser.

— Tu te rattraperas ce soir.

Granier ouvrit sa braguette et en sortit un membre qui correspondait à ce qu'imaginait la baronne.

— Attendez, dit celle-ci, qui revenait déjà. Je vais rajeunir notre petite protégée.

Charn eut un mouvement de frayeur quand elle vit le rasoir qui approchait de son ventre, puis se résigna.

— Ce n'est pas mignon, ça, dit Henriette en se redressant, quand elle eut fini. Par moments je vous envie vous les hommes... Je comprends que ça vous fasse bander comme des ânes, de voir ça. Moi-même...

Elle ne précisa pas mais se pencha sur l'endroit rasé et plaqua un interminable baiser à bouche ouverte.

— Avec des gosses comme celle-ci, je crois que je pourrais devenir gouine. Pourtant, Dieu sait si j'aime me faire mettre...

Elle se leva avec un soupir de regret. L'avocat, n'en pouvait plus d'attendre et se coucha sur la fille.

CHAPITRE II

L'inspecteur Alex Gribovitch entra, tenant un gobelet de café pris au distributeur. Il jeta un coup d'œil hostile à la fenêtre que sa collègue Sophie Leclerc avait ouverte pour aérer un peu et qui laissait s'engouffrer un vent glacé dans la grande pièce. L'hiver approchait rapidement, laissant craindre que l'automne soit court.

— Je ferme tout de suite, dit Sophie, pour éviter une remarque.

Elle ajouta :

— Griffon nous attend.

— M'aurait étonné qu'on ait une matinée tranquille.

Alex prit le temps de terminer son café, les fesses appuyées sur un coin de sa table. Sophie respecta son silence. Il était souvent renfermé et vaguement de mauvaise humeur en arrivant et, jusqu'à la fin de son premier café, parfois du second, il valait mieux ne pas trop lui parler.

Il finit par jeter le gobelet dans la corbeille à papier et parut découvrir la présence de Sophie.

— Je ne t'ai pas dit bonjour. Excuse-moi. Toujours fraîche et rose... Tu sais ce qu'il veut, le commissaire ?

— Non. Mais ça ne va pas tarder.

Le responsable de la section des Affaires Spéciales de la Police des Mœurs se trouvait derrière une pile de dossiers cartonnés verts entassés sur son bureau. Au moment où les inspecteurs Leclerc et Gribovitch entrèrent, il refermait le rabat de celui qui se trouvait sur le haut.

— Vous voyez tout ça ? dit-il après les salutations habituelles. Chaque dossier, c'est une fille. Toutes asiatiques, très jeunes, trouvées mortes d'overdose d'héroïne ou de crack ou d'un mélange des deux.

Alex fixa les yeux sur la pile pour tenter de compter les dossiers.

— Il y en a sept, dit le commissaire qui avait deviné.

— Si ce sont des overdoses, ce ne sont pas des meurtres, remarqua Alex.

— On n'a pas de certitude. Une piqûre d'héroïne peut très bien être faite de force à quelqu'un qu'on veut tuer... En tout cas, ces filles étaient réellement droguées depuis un certain temps avant leur mort. Les analyses du laboratoire scientifique de la police ont trouvé dans leurs cerveaux les traces de l'action de la drogue, traces qui n'apparaissent pas dès la première dose.

— Pourquoi nous en parlez-vous maintenant ?

Le commissaire ne put s'empêcher d'esquisser un sourire satisfait.

— Parce que les collègues des affaires courantes ont d'abord essayé de traiter le problème tout seuls et qu'ils se sont plantés. Depuis plus d'un an que le premier corps a été trouvé, ils n'ont absolument pas avancé. Rien. Pas le plus petit début d'indice ou même d'information. On n'a le nom d'aucune de ces filles. Regardez.

Il prit un dossier pour le montrer à ses inspecteurs.

— Vous voyez. Le nom sur cette couverture est « Inconnue D ». Ça va de « Inconnue A » à « Inconnue G ».

— Où a-t-on retrouvé les corps ? interrogea Gribovitch.

— Dans la forêt de Fontainebleau. Tous. Ils n'étaient pas enterrés mais bien dissimulés, dans des endroits reculés, et couverts de branchages. Certains sont restés plusieurs semaines avant d'être découverts.

— Personne n'a identifié leurs photos ou leurs empreintes ? continua Sophie.

Griffon grimaça.

— Les corps étaient nus. Les visages ont été rongés par de l'acide. Les doigts aussi. Donc, ni photos, ni empreintes.

— Des appareils dentaires ? interrogea Alex.

— Non. Rien. Des filles trop jeunes pour porter des dentiers, et peut-être trop pauvres pour se faire soigner les dents.

— Et côté sexe ? continua Gribovitch.

— Aucune information, expliqua le commissaire. Dans tous les cas, les corps étaient trop abîmés pour qu'on puisse chercher des traces de sperme dans le vagin ou même des traces de violences. En fait, rien ne prouve qu'il s'agit d'assassinats. On voit tous les jours des morts par overdose tout à fait accidentelles.

— Sauf, protesta Gribovitch, que les jeunes cons à qui ça arrive ne sont pas passés à l'acide et transportés en forêt par leurs copains.

Il réfléchit et conclut :

— En résumé, une série de morts par overdose, probablement criminelles, sur laquelle toute une équipe de flics se penchent depuis des mois et des mois sans indices et sans résultats.

— Exactement. Il faut que vous trouviez, l'inspecteur Leclerc et vous, d'où viennent ces filles et quel est le salaud qui est responsable de tout ça.

L'inspecteur Gribovitch rêva, le regard ostensiblement vers le plafond puis afficha une ironique satisfaction.

— Enfin une enquête qui s'annonce reposante. Merci monsieur le Commissaire.

— Pourquoi reposante ? s'inquiéta ce dernier. J'aurais pensé au contraire...

— C'est évident, pourtant, coupa Gribovitch. Nous n'aurons pas à aller chez les victimes, puisque nous ne savons pas où elles vivaient. Pas de témoins à interroger, nous n'en avons pas. Aucun indice à étudier, les collègues les ont déjà tous examinés avec soin, au moins je le suppose. Je crois que je vais dormir sur ces dossiers jusqu'à ma retraite. Vous me réveillerez pour le pot de départ.

Le commissaire Griffon connaissait bien son Gribovitch et savait trouver la corde sensible. Il se composa une attitude de sincérité absolue.

— Si Sophie Leclerc et vous avez hérité de cette affaire, c'est justement parce que personne d'autre que vous n'a la plus petite chance de la résoudre. C'est vrai qu'il n'y a rien du tout d'utilisable dans ce gros tas de papiers mais vous m'avez tellement habitué à l'impossible...

Il vit qu'il avait touché juste. L'inspecteur se leva, imité de sa collègue.

— L'impossible, pour nous, c'est la routine, vous avez raison. Par contre, le miracle... Enfin, on va voir.

Les deux inspecteurs prirent chacun la moitié des dossiers et sortirent.

Dans son bureau, Gribovitch déposa les dossiers sur sa table, bascula sur sa chaise et posa les pieds à côté des papiers. Il alluma ensuite une Gitane blonde et resta immobile, les yeux vers la fenêtre.

Sophie Leclerc reprit un dossier et se mit à lire. Au bout d'un bon quart d'heure, elle referma la couverture cartonnée et le reposa sur la pile devant elle.

— Tu comptes réellement dormir sur cette affaire jusqu'à ta retraite ? demanda-t-elle à son collègue.

Celui-ci éteignit sa cigarette.

— Je réfléchis.

— Tu ne commences pas par prendre connaissance de ça ?

La main de Sophie s'était posée sur les dossiers.

— À quoi bon ? Tu viens d'en éplucher un et tu n'as rien vu d'intéressant, n'est-ce pas ?

— C'est vrai... Mais alors, avec quoi commencer ?

— Eh bien, avec ce que les affaires ont en commun. C'est simple.

— Ce qu'il y a en commun, c'est des filles asiatiques jeunes, probablement assassinées, et de la drogue. Que veux-tu faire de ça ?

— Je vais te raconter une histoire. Une fois, je me trouvais dans le hall d'un hôtel et j'ai vu cinq ou six hommes en cercle qui regardaient par terre. Ils cherchaient la lentille de contact que l'un d'eux avait laissé tomber. Moi, je me suis dit que s'ils ne la trouvaient pas où ils cherchaient, c'est qu'elle était ailleurs. J'ai fait le tour du groupe, derrière eux, et j'ai trouvé la lentille.

— Le raisonnement « Si ce n'est pas là, c'est donc ailleurs » ne pouvait germer que dans ton puissant cerveau, railla Sophie. Comment l'appliques-tu à notre problème ?

— Eh bien, les collègues ont cherché si des disparitions de filles pouvant correspondre aux corps avaient été signalées. Signalées en France. Ils n'ont rien trouvé. Dans aucun des sept cas qui nous préoccupent. Moi, je me dis que ça prouve que les filles n'étaient pas d'ici. Donc, elles étaient arrivées depuis peu dans notre beau pays.

Sophie eut une moue sceptique.

— D'où tu déduis qu'elles venaient d'un pays d'Asie. Tu vas demander à Griffon l'autorisation d'aller dans tous les pays possibles pour demander à la police locale « vous n'auriez pas paumé quelques filles récemment ? »

— Je vais demander au labo scientifique d'essayer de déterminer de quelle race ou ethnie exacte elles sont. Entre les Japonais, les Chinois, les Vietnamiens... il y a des différences. Ceci réduira le champ des recherches. Ensuite, je vais effectivement envoyer les signalements anthropométriques aux pays possibles. Même dans un pays pas très riche, la disparition d'au moins sept filles ne passe pas forcément inaperçue. En tout cas, on peut tenter le coup.

— On peut. Mais...

— Et puis, ces filles, elles ne sont pas venues à pied de chez elles. Elles ont forcément pris l'avion. Si on regarde dans les mémoires des ordinateurs des compagnies aériennes depuis, disons, un an, on aura certainement moins de cent mille noms pour chercher.

— C'est vraiment peu, ironisa Sophie.

— Nous allons demander à l'ordinateur de nous donner la liste des noms de femmes. Ensuite, d'en sortir toutes celles qui avaient pris un aller-retour et qui sont reparties. Ensuite d'enlever encore toutes celles qui sont venues seules.

— Pourquoi celles qui étaient seules ?

— Parce que nos filles à nous avaient moins de vingt ans. S'il y a eu trafic, on peut penser qu'elles étaient accompagnées d'au moins un homme. Toujours le même. Nous allons donc demander aussi à l'ordinateur de nous donner les noms des hommes qui vont souvent dans un des pays d'Asie. Et comme les compagnies aériennes regroupent les voyageurs qui font leurs réservations ensemble, je te parie un café qu'on va voir le même mec arriver en France avec une compagne différente chaque fois.

Ils plongèrent chacun dans leurs pensées, Gribovitch cherchant des astuces pour mieux isoler les noms intéressants parmi les milliers que les ordinateurs avaient en mémoire, Sophie cherchant la faille dans le raisonnement de son collègue mais construisant déjà dans sa tête un plan d'action.

CHAPITRE III

Ils étaient restés silencieux pendant presque tout le voyage. C'est en arrivant à proximité du château que Henri Granier sortit de son mutisme et se tourna vers sa femme.

— J'espère que tu vas bien te comporter et ne pas me ridiculiser.

— Bien me comporter, c'est coucher avec d'autres, devant toi... Et te regarder baiser. Eh bien, moi, tout ce que je t'ai promis, c'est d'entrer et de voir. Point. Pour le reste, je ne sais pas ce que je ferai. Si je n'ai pas envie, je ressors et je t'attends dans la voiture.

Granier retint un geste de fureur. Comme toujours avec sa femme, il était partagé entre une puissante envie d'être brutal et la nécessité impérieuse de la ménager, de ne rien faire qui puisse l'inciter au divorce.

C'est elle qui avait l'argent, la majorité des parts dans un grand cabinet d'avocats, et le contrat de mariage avait bien spécifié la séparation totale des biens.

Il lui avait fallu plusieurs années pour convaincre Élisa de participer à des partouzes. Des années de diplomatie, de douceur, de lutte douloureuse contre son phantasme qui lui criait de la tabasser à coups de poing avant de la faire violer devant lui. Ceci, il l'aurait fait avec tant de plaisir, sans la peur du divorce, la peur de se retrouver dans une vie sans luxe, sans la Mercedes 500, sans les vacances à Hawaï en hiver...

Finalement, à force de persuasion, de douceur hypocrite, il avait fini par la faire céder et obtenir qu'elle « vienne voir ».

Le geste de colère de son mari n'avait pas échappé à Élisa. Elle se demanda une nouvelle fois pourquoi elle restait avec lui. Les raisons, elle avait tenté cent fois de les analyser et savait bien qu'un jour des décisions seraient à prendre. Pas faciles.

D'abord, son mari lui faisait de plus en plus peur. Sa nature, sous un extérieur courtois et aimable était d'une grande brutalité, qu'il maîtrisait de plus en plus difficilement. Le jour où elle lui dirait qu'elle voulait le quitter, il serait capable de la plus grande des violences.

Et puis, d'un autre côté, il y avait les bons souvenirs. Les années passées avec Henri avaient été plutôt heureuses. Il était beau, dix ans plus tôt, et l'était resté, d'ailleurs. Il était grand, ses yeux bleus sous un grand front de savant faisaient des ravages parmi les filles de la faculté de droit. En plus, il était intellectuellement brillant et on le croyait, cette fois à tort, plutôt riche.

A dix-neuf ans Élisa était encore vierge et Henri avait été son premier homme, le seul jusqu'à ce jour-là.

— Tu veux que je fasse le contraire des autres femmes, disait-elle souvent à son mari quand il lui parlait d'échangisme. Je suis restée pucelle jusqu'à notre rencontre. Maintenant, il faudrait que je couche avec d'autres.

— Justement, répondait-il toujours, il n'est pas normal que tu sois restée vierge si longtemps et que tu n'aies eu qu'un homme dans ta vie. Ce n'est pas sain. Dans nos rapports, tu manques d'imagination. Il ne suffit pas d'écarter les cuisses et d'attendre que ça se passe.

Sans que Henri le sache, toutes les allusions au fait que sa femme n'ait pas ressenti plus jeune le besoin de coucher avec un homme faisait surgir, détesté mais irréfragable, le souvenir d'une, unique, nuit passée dans le même lit qu'une cousine, pendant l'adolescence, à l'occasion d'une réunion familiale.

Elles avaient bavardé, plaisanté, joué à faire

semblant de lutter. La cousine avait rapidement glissé ses mains sous la chemise de nuit d'Élisa et l'avait caressée. Celle-ci avait été paralysée de surprise pendant plusieurs secondes avant de réagir et de repousser le geste. Paralysée de surprise et de jouissance, aussi. Ce souvenir était resté violent, honteux, délicieux.

« Peut-être Henri a-t-il raison. Peut-être suis-je un peu trop coincée sur le plan de la sexualité et me faire sauter par un ou deux mecs me ferait du bien » pensa la femme de l'avocat tandis que les roues de la voiture écrasaient le gravier en s'engageant sur une allée privée.

Malgré une pluie fine persistante, le spectacle du château à la façade illuminée, la porte en fer forgé ouverte par un valet « à la française » en pourpoint et haut-de-chausses verts mirent Élisa de bonne humeur. Elle s'amusa du contraste entre la raideur du domestique et une jeune femme nue qui se promenait dans le hall, une coupe de champagne à la main.

La salle de réception donnait directement dans le hall. Il y avait une douzaine de couples, certains encore en habit de soirée, d'autres dévêtus. Élisa se dit qu'elle avait eu raison de mettre sa robe Saint-Laurent longue. Elle n'était pas la moins élégante de la soirée. Cette pensée acheva de la détendre.

— Voilà donc la beauté que tu nous cachais, égoïste ! s'écria une grande femme blonde.

— Je te présente la baronne de Boismoreau, dit Granier à Élisa.

— Pas de « baronne » entre nous, je vous en supplie.

La baronne embrassa Henri sur la bouche, en fit autant à Élisa, trop surprise pour avoir le temps de tourner la tête et continua vers un autre couple qui arrivait. « Cette robe noire, c'est du Dior », pensa Élisa, « Et pas le moins cher ». En même temps, elle s'étonnait de ne pas éprouver de dégoût pour le baiser reçu.

Il y eut d'autres présentations. Plusieurs hommes félicitèrent Henri pour la beauté de sa femme. Il y avait de la musique « Du Mozart, bien sûr, se dit Élisa, du rap ici aurait été surprenant ». Elle se sentait bien et s'étonnait seulement de ne rien trouver choquant, comme cet homme nu qui montrait une solide érection à une jeune femme habillée, agenouillée devant lui et qui regardait, simplement, en faisant des commentaires, un verre à la main.

— Non, mon cher, il n'y a qu'un lit, celui-ci, expliquait la baronne. Chez moi, on ne baise pas dans les coins en se cachant. On le fera tous ici, chacun devant les autres. Encore une chose qu'il faut que je vous dise... Les domestiques sont à la disposition des dames restées insatisfaites, en fin de soirée, quand les messieurs seront épuisés.

Élisa et Henri Granier approchèrent du buffet et se servirent en amuse-gueules et champagne. Il y avait deux valets qui ouvraient les bouteilles, servaient et ôtaient les verres vides utilisés. Elle se dit qu'ils la verraient faire l'amour et cette pensée ne fut pas désagréable.

La fille nue qu'ils avaient vue en entrant s'assit sur le bord de la table en chêne à un endroit libre et se renversa en arrière.

— Et ça, ce n'est pas meilleur qu'un toast au caviar ? susurra-t-elle.

Henri était le plus proche. Il fut le premier à se précipiter. Élisa le vit se pencher sur le sexe offert et lécher avidement. Le spectacle ne l'écœura pas. Au contraire, une certaine chaleur commença à irradier dans son ventre. Elle fit un pas en arrière pour ne pas gêner les autres hommes qui approchaient et se sentit bloquée. Deux mains emprisonnèrent ses seins tandis qu'un corps se plaquait contre son dos. Elle ferma les yeux et se laissa aller en arrière.

— Vous êtes belle. Je bande pour vous depuis que vous êtes arrivée. Vous le sentez ?

— Oui.

En même temps, elle remuait les hanches pour mieux sentir le sexe de l'homme contre ses fesses.

Une envie violente de faire l'amour la submergea. Puisque Henri voulait qu'elle se fasse mettre par d'autres, eh bien, il allait être satisfait.

— Allons dans une chambre, souffla-t-elle.

— Non. On va le faire ici.

Le faire en public... Elle eut un réflexe de recul, très bref, puis une immense envie de s'exhiber, de jouir et crier devant tous ces hommes et ces femmes. Soudain, l'idée du regard des autres femmes sur son corps, sur son sexe pénétré, sur ses gestes, leur jalousie, peut-être, si elle « le » faisait bien, lui assécha la bouche. Elle faillit avoir un orgasme, là, debout. Elle était incapable de marcher. L'homme la souleva. Elle n'avait toujours pas vu son visage.

Elle fut posée sur le lit. Elle entendait comme venant du lointain le brouhaha des conversations, d'où sortaient des phrases « Regardez, la nouvelle va se faire sauter par Jean-Marc ». « On va aider à la déshabiller », « C'est moi qui enlève la culotte ». « Jolie fente... » .

Elle aida pour qu'on puisse plus facilement ôter ses vêtements. Quand ce fut fait, elle s'allongea, ouvrit largement les cuisses et s'obligea à rouvrir les yeux. Ils étaient six ou huit autour d'elle, deux femmes, en particulier, qui fixaient son sexe. Elle fut surprise et presque effrayée de l'excitation que ce regard lui provoqua. Puis l'homme lui prit la tête et la força à se tourner vers le membre tendu. Elle dut ouvrir la bouche et s'appliqua à sucer. Pendant ce temps, des mains lui maintinrent les jambes levées. Un ongle joua avec son point sensible, léger, habile, précis. Si précis qu'il ne pouvait s'agir que d'un doigt de femme. Cette idée, lui provoqua un tel choc qu'elle eut immédiatement un orgasme violent.

Quand elle s'effondra, elle entendit des commentaires « Ce n'est pas ce qu'on appelle un plaisir discret », « Faut pas habiter en HLM quand on jouit comme ça ». « Tu as vu comme son clitoris gonflait ? ».

Au moment où Élisa ouvrait de nouveau les yeux, le dénommé Jean-Marc se couchait sur elle. Elle se sentit pénétrée puis secouée de coups de reins puissants. Elle pensa aux femmes qui l'avaient regardée et, peut-être, touchée. Maintenant, celles-ci ne pouvaient plus voir que le dos de Jean-Marc. Sur une impulsion, elle le repoussa sur le côté. Il comprit et se laissa aller. Élisa fut rapidement sur lui. C'est elle qui donnait les coups de reins, désormais. Les allers-retours du sexe de l'homme dans le sien la faisaient jouir mais pas tant, loin de là, que la sensation presque physique du regard des autres femmes sur ses fesses. Elle eut un premier orgasme immédiatement, puis un second quand elle ressentit l'éjaculation.

Plus tard, invitée à laisser la place sur le lit à baldaquin à un autre couple, elle se dirigea vers le buffet. Les pensées et les émotions bouillonnaient dans son cerveau. Elle se sentait ivre. Le souvenir de sa jouissance aiguë, quand elle avait compris que l'ongle sur son clitoris était celui d'une fille provoquait en elle un trouble profond. « Je ne suis quand même pas lesbienne... » Ces mots revenaient sans cesse dans son esprit. Elle tenta de pousser le souvenir de la caresse de sa cousine adolescente, en vain, avala une coupe de champagne, en saisit une autre et se força à regarder autour d'elle.

Autour du lit, il y avait un petit groupe d'où partaient des rires et des plaisanteries. Un couple encore tout habillé dansait sur la musique, un slow maintenant, en fond sonore. La baronne était nue, mais avait gardé ses bas. Elle avait des gros seins ronds à l'aréole claire, insensibles à la pesanteur. Elle avait rasé les poils entre ses cuisses, ne gardant qu'une touffe au-dessus de la fente. Parfaite maîtresse de maison dans un salon bourgeois, elle prenait soin d'échanger quelques mots avec chacun des invités. Henri n'était pas visible, mais Élisa crut reconnaître sa voix dans le groupe autour du lit.

Sur un canapé proche, deux hommes se trouvaient avec une fille, une Asiatique. Ils avaient décidé de la posséder en même temps, chose plus difficile à faire que beaucoup l'imaginent. Le premier, un brun sec, s'allongea à demi sur le dos et pénétra rapidement la fille couchée sur lui. Le second, un blondinet aux hanches étroites, voulut entrer par la voie étroite. Il lui fallut du temps et plusieurs tentatives pour y arriver.

La fille tourna son visage vers Élisa. Son visage fin exprimait une souffrance muette. « Une poupée » pensa Élisa. « Une adorable poupée que ces salauds sont en train de maltraiter ». Son corps était secoué au rythme des coups de reins, violents, des deux hommes. Progressivement, le visage devenait lisse, indifférent. Élisa s'approcha et prit la main brune. Le regard de la fille croisa le sien. Les pupilles étaient dilatées. « Et ils me l'ont droguée », pensa Élisa.

Le blondinet émit une sorte de hoquet et se retira, le membre mou et luisant. Il aperçut Élisa et tourna autour d'elle.

— Vous avez un cul magnifique, vous aussi. Je pourrai en user, tout à l'heure ?

— On verra.

L'homme qui avait choisi la voie normale venait de terminer à son tour et se levait, repoussant sans ménagement la fille.

Élisa s'assit près d'elle, lui prit la tête sur son épaule et lui caressa le bras et la hanche.

— Quel est ton nom ? demanda-t-elle.

— *Don't speak french.*

Élisa ne parlait pas bien l'anglais et chercha quoi dire. La peau de l'inconnue était incroyablement soyeuse. Un geste involontaire lui fit toucher un sein. La fille ne réagit pas. Comme possédée d'une vie propre, la main d'Elisa revint sur le sein, frôla puis massa franchement. L'Asiatique ferma les yeux et enfouit son visage dans le cou de la femme blanche. En même temps, elle s'offrait à la caresse. « Elle aime ça. Et moi, qu'est-ce qui m'arrive, pourquoi fais-je ça... ».

Soudain une espèce d'onde de folie balaya toute pensée raisonnée du cerveau d'Élisa. Elle repoussa la fille, la fit allonger sur le canapé, plongea son visage entre les jambes qui s'écartaient volontairement et se mit à lécher. Elle eut sur la langue le goût du sperme laissé par l'homme, puis les sécrétions intimes, chercha le clitoris, l'excita du bout de la langue. L'Asiatique fut secouée d'un orgasme ponctué d'un seul petit cri aigu.

Élisa se redressa et s'éloigna rapidement. Son cerveau n'arrivait pas à accepter ce qu'elle venait de faire, le plaisir qu'elle y avait pris. Elle revint à la table boire du champagne en se répétant « mais qu'est ce qui m'arrive... » Elle sentit qu'on la prenait par la taille. Il s'agissait du blondinet.

— Vous voulez bien que je vous sodomise ? Regardez ma bite...

L'instrument était déjà prêt, fin et long, tout blanc. Mais Élisa était devenue indifférente à tout. Son silence fut interprété comme une acceptation. L'homme la poussa vers le lit. Il y avait déjà là une très jeune brune, allongée en travers, pieds par terre, qui se laissait prendre par derrière. Elle avait de grosses fesses rondes. Élisa prit place à côté.

— Toi aussi, tu vas y passer, constata la brune en grimaçant de plaisir ou de douleur.

Élisa sentit qu'on lui appliquait une crème lubrifiante puis le poids de l'homme sur ses reins et enfin la légère brûlure. Elle n'avait pas l'habitude de cette pénétration et l'avait toujours refusée à Henri après une tentative trop pénible. Elle n'éprouva qu'un plaisir très faible et refusa de recommencer avec un autre quand le blondinet se fut retiré.

Libre, elle chercha immédiatement l'inconnue. Celle-ci se trouvait maintenant allongée sur le tapis et son corps disparaissait presque entièrement sous celui d'un énorme quinquagénaire qui lui donnait des coups de reins d'une incroyable violence. Élisa eut envie de tuer cette brute.

Dès qu'il eut roulé sur le côté, elle souleva sans effort la fille dans ses bras et alla s'asseoir sur le canapé, la posant sur ses genoux comme un enfant. Elle rassembla ses souvenirs d'anglais du lycée et se lança :

— *Why do that ?*

Elle avait voulu dire « Pourquoi fais-tu ça ? » et réalisait que sa phrase n'était pas bien construite mais c'était peut-être aussi bien car l'anglais de l'autre n'était pas très bon non plus.

— *Prostitute. No money.*

— *You come from ? Your name ?*

— *Bangkok, Thaïland. Name is Charn.*

Élisa avait passé son bras derrière les épaules de la Thaïlandaise, la main gauche reposant sagement sur la cuisse. La fille avait de nouveau caché le visage dans son cou, comme un enfant avec sa mère.

— *You like it with me ?* interrogea Élisa impatiente de savoir si la petite avait aimé leur jeu érotique.

— *Very much. I love you.*

Charn l'aimait et aimait faire l'amour avec elle... Élisa frissonna. La réalité s'imposa brutalement à sa conscience. Elle aussi devenait amoureuse de cette poupée gracieuse et violentée. Elle sut qu'elle ne pourrait plus se passer de recommencer à caresser Charn, à poser sa bouche entre ses cuisses... Il fallait qu'elle parle à Henri. Mais qu'allait dire celui-ci...

Soudain, dégrisée, la femme de l'avocat mobilisa toute son énergie pour réfléchir. Si elle ne faisait rien, à la fin de la soirée, dans une heure ou deux, Henri la ramènerait chez elle. Demain, au matin, encore excité par la partouze il voudrait lui faire l'amour. Charn serait emmenée ailleurs, dans un de ces bordels clandestins dont Élisa avait appris l'existence par une demi-confidence de son mari et verrait défiler des hommes en attendant qu'on la sorte pour pimenter une nouvelle partouze, dans ce château ou ailleurs.

Tout ceci parut soudain intolérable à Élisa, autant la perspective de devoir de nouveau ouvrir les jambes pour son mari que la pensée de Charn écartelée sous un homme.

— *We go away ?*

Charn ne comprit pas qu'Élisa voulait partir avec elle.

— *We escape. We live together.*

Charn compris cette fois que la gentille dame française voulait vivre avec elle. Son visage cessa une seconde d'être impassible pour exprimer la stupeur, la joie aussi.

— *Possible ?*

La question doucha Élisa. Son mari, et aussi celui ou ceux qui avaient fait venir la jeune prostituée, n'accepteraient évidemment pas de les voir partir ensemble. Et d'abord vers où ?

Cette dernière question au moins avait une réponse assez facile. La mère de Élisa vivait dans une grande maison de Conflans-Sainte-Honorine et pouvait facilement les accueillir toutes les deux. Il y avait suffisamment de chambres pour maintenir pendant un certain temps la fiction d'une simple amitié. Le deuxième problème venant ensuite était celui de l'argent pour vivre. Élisa se félicita une nouvelle fois d'avoir écouté ses parents (son père vivait encore à l'époque) et d'avoir fait un contrat de mariage draconien. Avec l'argent, les loyers des trois appartements de sa succession, sans compter sa part sur le cabinet d'avocats, elle ne serait pas dans le besoin et pourrait faire vivre Charn.

Ne restait plus que le problème du départ du château. Les vêtements des invités, à mesure qu'ils étaient ôtés, étaient ramassés par le personnel et portés dans le hall. Là, on les plaçait sur des cintres accrochés à des porte-manteaux sur pied.

— *Wait*, dit-elle à Charn.

Elle se rendit dans le hall et repéra immédiatement sa robe et son sac. Pour les habits de son mari, elle dut chercher un moment mais finit par les trouver aussi. Elle y alla naturellement et plongea la main dans la poche du veston où, elle le savait, il mettait toujours ses clés de voiture. Elle les glissa ensuite dans son propre sac à main. Un coup d'œil circulaire confirma que personne n'avait fait attention à elle. Sa bouche, pourtant, était sèche et son cœur cognait. Elle revint vers la salle de réception, se demandant si elle n'allait pas trouver encore une fois Charn écrasée sous un homme. Ce n'était pas le cas.

— *Come !*

La Thaïlandaise se leva. Les deux femmes se dirigèrent vers la sortie. Personne ne les avait remarquées.

— *Your dress ?*

Charn chercha vainement ses vêtements des yeux.

— *Not here*

Élisa s'empara de sa robe Yves Saint-Laurent.

— Vous partez déjà ? C'est vrai que vous en avez bien profité...

La petite blonde au visage rieur, qui sortait des toilettes et qui avait fait la remarque, passa sans autre commentaire, les laissant seules. Élisa décrocha un cintre avec des vêtements féminins pour sa protégée.

— Vite !

Les deux femmes s'élancèrent dehors, encore nues. Élisa courut vers la voiture. La pluie était devenue forte. Le gravier froid lui piquait douloureusement les pieds. Charn suivait, visage toujours impassible.

Arrivée à la Mercedes, Élisa chercha fébrilement les clés dans son sac, crut une seconde les avoir perdues, les trouva.

L'instant d'après la voiture jaillit hors de la propriété, moteur emballé.

CHAPITRE IV

Fidèle à son idée qu'il était inutile d'ouvrir les dossiers sur la mort des sept jeunes Asiatiques, l'inspecteur Gribovitch s'était contenté de remettre les documents à Dallant, des services scientifiques de la police, en lui demandant de déterminer à quelle ethnie les filles appartenaient et de quel pays elles venaient donc. Sophie et lui consacrèrent les deux jours qu'il fallut pour ceci à travailler sur commission rogatoire au profit de la police belge.

Le lundi matin Sophie était en train de faxer vers Bruxelles une dizaine de feuillets contenant les informations demandées quand Dallant appela.

— Ça y est. On sait d'où viennent tes sept filles. De Thaïlande.

Laissant Sophie à sa machine, Gribovitch demanda à Dallant de le rejoindre dans la pièce du sous-sol où se trouvait l'ordinateur qui pouvait « pénétrer » dans les systèmes de réservation des compagnies aériennes. Ce système bénéficie d'une sorte de vide juridique que personne ne s'empresse de combler. En effet, si l'écoute des conversations téléphoniques est strictement réglementée, la pénétration des ordinateurs « ouverts », comme ceux des compagnies aériennes ou, en général, tous ceux des entreprises commerciales n'est condamnable que si la compagnie victime porte plainte. Quant à ces compagnies, elles ne voient pas pourquoi elles porteraient plainte contre la police quand celle-ci ne fait que rechercher des criminels.

Alex savait se servir du terminal mais, pour les subtilités de ce qu'il voulait obtenir, il préférait faire appel à Dallant.

Aucun moyen tout prêt n'existe pour obtenir la totalité des réservations sur tous les vols entre la France et la Thaïlande. Pour y arriver, Dallant dut écrire un programme spécial, un « script Unix » qui fonctionnait sur l'ordinateur de la Police des Mœurs. Une fois celui-ci connecté, de la même façon que ceux des agences de voyage, au système international de réservation, il suffisait de faire démarrer le script et d'attendre qu'il ait interrogé tous les ordinateurs des compagnies aériennes. En fait, la plupart des réservations sont gérées par deux systèmes, SABRE pour les États-Unis et AMADEUS pour l'Europe et plusieurs autres pays.

Après avoir vu les premiers noms défiler, Dallant se livra à un calcul mental.

— On en a pour plusieurs heures.

— Pourquoi est-ce si long ?

— Ce qui est long n'est pas la recherche des noms dans les ordinateurs mais la transmission sur la ligne téléphonique. On ne peut pas espérer plus de trois à quatre mille caractères ou chiffres par seconde. Toutes les informations sur chaque nom font au total une bonne centaine de caractères. Il y a la date, le numéro de téléphone, le nom des autres personnes du même groupe... Et comme on va recevoir une liste de plusieurs dizaines de milliers de noms, il va falloir un certain temps. Par contre, ensuite, quand toutes ces informations auront été entrées dans la mémoire de notre ordinateur à nous, il ne faudra que quelques secondes pour effectuer tous les tris que tu voudras.

— Parfait. Quand la transmission sera finie, tu m'appelleras.

La transmission dura quatre heures et ce n'est qu'en début d'après-midi qu'Alex et Sophie furent appelés par Dallant.

— Par quoi on commence ? demanda ce dernier quand ils furent tous les trois assis face à l'écran, lui-même devant le clavier.

— D'abord, montre-nous les informations que tu as sur chaque billet.

— J'en prends un au hasard... Voici. D'abord il y a le sexe, là : « M », « Mme » ou « Mlle ». Ensuite le nom, les prénoms, la date de réservation, le lieu de réservation, la date du vol et le numéro du vol, le nom des autres personnes voyageant avec la personne...

— Celui-ci, coupa Sophie a donc pris l'avion à Roissy le six mars à onze heures avec sa femme et son fils ?

— Exactement. Et il est revenu le vingt-deux mars. Là tu as le numéro de téléphone qu'il a donné en faisant sa réservation, pour qu'on le rappelle en cas d'annulation de vol.

— Parfait, dit Gribovitch en se frottant les mains. Allons-y. Combien as-tu d'hommes dans ta liste des passagers Paris-Bangkok ?

— Facile.

Dallant tapa une commande. La réponse vint en moins d'une seconde : 65285.

— Maintenant, garde uniquement ceux qui apparaissent plus de, disons, six fois.

La réponse, encore, fut instantanée : 853.

— On arrive à des quantités raisonnables remarqua Sophie. On pourrait presque envoyer des gendarmes chez tous ces gens.

— Sauf, dit Alex, que parmi ces gens tu as

quelques grands patrons, des diplomates ou des journalistes à ménager. Enlève-moi, continua-t-il pour Dallant, ceux qui étaient accompagnés par leurs femmes ou enfants.

Ce nouveau tri laissa encore 701 noms.

— C'est encore beaucoup, grogna Gribovitch. Faut trouver plus subtil.

Il se laissa aller en arrière, alluma une Gitane blonde et rêva, les yeux au plafond.

— Sophie, dit-il soudain. Si tu allais à Bangkok chercher une gamine, comment ferais-tu ?

— En supposant qu'elle soit consentante, et qu'il ne faille pas l'enfermer dans une malle ? Je crois que j'irais tout simplement là-bas avec un billet normal et que je prendrais un autre billet pour elle et...

Elle s'arrêta de parler, hocha la tête et reprit :

— Je vois où tu veux en venir. La fille est certainement arrivée ici avec un aller simple. À moins que le criminel n'ait eu l'astuce de lui prendre un aller-retour pour brouiller les pistes.

— Le criminel ne pouvait pas savoir qu'il aurait l'extraordinaire inspecteur Gribovitch au cul... En tous cas, bravo, inspecteur Leclerc pour être arrivée à suivre mon raisonnement. Dallant, mets de côté ta liste des 701 noms d'hommes et sors-nous la liste des femmes ou filles qui sont arrivées en France avec un aller simple.

Il y en eut 31.

— Maintenant, conclut Gribovitch, croise-moi ces deux listes. Je veux dire : donne-moi la liste des mecs qui se trouvaient toujours sur le même vol qu'une de ces filles.

Ils n'eurent plus que neuf noms. Parmi eux, un était parti seul et chaque fois revenu accompagné d'une fille, une seule. Il s'appelait Serge Morand.

— On a gagné ! chanta Alex sur l'air des lampions.

Quand il fut calmé, il ajouta pour Dallant :

— Trouve-moi vite l'adresse de ce mec à partir de son numéro de téléphone.

Dallant saisit le combiné qui se trouvait à côté de l'écran de l'ordinateur et appela le service compétent. La réponse fut rapide : le numéro n'était pas attribué et ne l'avait jamais été.

— Le salopard, murmura Gribovitch, avec un peu d'admiration dans la voix. Il se méfie... Que ferais-tu, toi Sophie, pour le trouver ?

— Eh bien, il a forcément un passeport au même nom que ses billets. Il faut examiner les fichiers des passeports.

— Je peux le faire, proposa Dallant. Je vais me connecter aux ordinateurs de la Préfecture de Police. Cette fois, ce sera légal et officiel.

Il ne fallut pas longtemps à Dallant pour savoir

qu'aucun Serge Morand n'avait de passeport en cours de validité pour la Thaïlande.

— Ça prouve au moins qu'il est coupable, râla Gribovitch. Un citoyen honnête n'utilise pas de faux passeport.

— C'est tout ce que je peux faire pour vous ? demanda Dallant.

— Pour aujourd'hui en tout cas, admit Gribovitch. Donne-nous simplement les dates auxquelles Morand est parti et revenu de Bangkok, et les noms des filles seules qui sont revenues dans le même avion avec les allers simples.

Dallant se remit au clavier, tapa quelques commandes et se leva pour s'approcher de l'imprimante, qui se trouvait à quelques mètres. Celle-ci commençait déjà à ronronner et une feuille de papier glissa directement dans la main du policier. Avant de la tendre à Gribovitch, il jeta un coup d'œil pour vérifier et sursauta.

— Tu sais quand il est parti pour Bangkok la dernière fois, ton zig ? Ce matin tôt. Il doit être en train d'atterrir, si ce n'est déjà fait.

*

* *

Le commissaire Griffon se composa un sourire ironique.

— Vous venez m'annoncer que vous avez identifié le coupable, dans l'affaire des Asiatiques ? Je vous ai confié cette affaire jeudi dernier et nous ne sommes que lundi après-midi.

Les inspecteurs Leclerc et Gribovitch avaient demandé à être reçus rapidement et venaient de pénétrer dans le bureau de leur chef. Ils prirent leur plus bel air innocent.

— Il se fait appeler Serge Morand, dit paisiblement Gribovitch, mais nous pensons que c'est un faux nom.

— En tout cas, il vient d'atterrir à Bangkok, continua Sophie sur le même ton. Par le vol AF 171. Il a l'intention de revenir en France avec une fille du nom de Maï Leewo.

— Mais il s'agit encore d'un faux nom, conclut l'inspecteur Gribovitch.

Griffon les avait regardés, tournant alternativement les yeux vers l'un et l'autre, la bouche ouverte, ne cherchant pas à cacher une intense stupéfaction. Il eut finalement un geste vers son éphéméride.

— On n'est pas encore au premier avril. Ce n'est pas la saison des blagues.

— Nous ne plaisantons pas.

Puis les inspecteurs cessèrent de se moquer de leur chef et lui expliquèrent comment ils avaient trouvé leurs informations.

— Alors, la solution est simple, finit par dire celui-ci. Il suffit d'attendre le dénommé Morand à Roissy, vendredi, puisque c'est le jour de son retour et de l'arrêter.

— Si Morand est un con, oui, ça peut marcher riposta Alex. Mais s'il est malin...

— Con ou intelligent, il faut bien qu'il présente son passeport à l'arrivée, s'étonna Griffon.

— Êtes-vous vraiment sûr ? D'abord, tous les passagers de tous les avions sont mélangés à l'arrivée avant de passer les contrôles. Il n'est pas possible de savoir exactement de quel avion sort chaque personne qui se présente. En plus, lorsque la personne est un citoyen français, elle n'est pas obligée de montrer un passeport. Surtout qu'on n'a pas besoin de passeport pour aller dans des pays européens et en revenir.

Griffon fronça les sourcils.

— Vous pensez qu'il pourrait se présenter à l'immigration, en arrivant, sous un autre nom que son passeport ?

— En tout cas, c'est ce que je ferais, moi. Je préférerais sortir ma vraie carte d'identité qu'un faux passeport.

— Evidemment...

Ils restèrent quelques secondes à réfléchir. Gribovitch sortit ses Gitanes blondes et en alluma une.

— Et la fille, dit soudain Griffon. On peut toujours l'arrêter, elle, si elle présente son passeport, puisqu'on connaît déjà le nom qu'elle a donné pour son billet

— Bien sûr, intervint Sophie. Ce sera toujours mieux que rien. Mais notre homme le verra. Il s'éclipsera en douceur et aura appris à se méfier. Ensuite, rien ne prouve que la fille nous aidera à le retrouver, ni même qu'elle voudra coopérer.

— En plus, ajouta Alex, elle peut sortir, elle aussi avec un passeport à un nom différent. J'admets que c'est peu probable, mais ce n'est pas absolument impossible.

Le commissaire hocha la tête, continuant à réfléchir intensément.

— Votre proposition ? dit-il enfin.

— C'est de prendre le prochain avion pour Bangkok et de voir avec la police locale ce qu'on peut faire.

CHAPITRE V

La mère d'Élisa était partie pour un voyage à Mexico et ne devait revenir qu'une semaine plus tard. Élisa conduisit d'abord Charn à son appartement, à Versailles, pour prendre les clés de la maison de sa mère et un minimum d'affaires. S'arrêtant sur la route elles s'étaient habillées sommairement. Elles n'avaient toujours pas de chaussures et la robe de Charn avait appartenu à une femme deux fois plus grosse qu'elle. Heureusement, le parking des Granier se situait directement sous l'immeuble et elles purent monter à l'étage par l'ascenseur sans rencontrer personne.

Élisa avait atrocement peur de se retrouver en face de son mari. Elle était sûre de disposer d'au moins une heure d'avance sur lui, le temps qu'il découvre sa disparition et se fasse prêter une autre voiture pour rentrer à la maison. Mais cette certitude était impuissante à calmer l'angoisse qui l'étreignait. Elle courait de pièce en pièce, raflait les vêtements et autres affaires dont elle pouvait avoir besoin, en fourrait un paquet dans les bras de Charn qui descendait déposer le chargement dans la voiture et revenait en prendre un autre. Il ne lui fallut qu'une dizaine de minutes pour prendre tout ce à quoi elle pensait, y compris les papiers nécessaires à la gestion de sa fortune personnelle. Elle eut la tentation d'ouvrir le coffre-fort mais ne trouva pas la clé et y renonça, préférant abandonner l'argent qui s'y trouvait que risquer de voir arriver son mari.

Quand la Mercedes fut lancée sur la route, à une vitesse largement supérieure à la limite autorisée, elle se tourna vers Charn, toujours dans la robe trop large mais maintenant avec également une paire de chaussures, de deux pointures trop grandes.

— Tu vois, ma chérie. On va chez maman. Elle a les idées larges, maman. Elle t'acceptera facilement. Demain, on t'habillera correctement. Saint-Laurent, tu connais ? Non ? Tu ne comprends rien à ce que je te dis. Ce n'est pas grave. Ça viendra. Tu vas voir comme on va s'aimer toutes les deux.

*

* *

Pendant quatre jours, les deux femmes, en

dehors de passages remarqués dans les boutiques de Saint-Germain-en-Laye et dans quelques restaurants, ne sortirent pas et firent l'amour sans presque s'arrêter. Les effets de la drogue dissipés, Charn se révélait vive et rieuse. Dans la maison, elles restaient habillées d'une courte chemise de nuit pour Élisa, d'une veste de pyjama pour la Thaïlandaise. Élisa ne cessait de se demander comment elle avait pu si longtemps ignorer ou refouler son goût pour les filles. Elle se demandait si elle pourrait faire de nouveau l'amour avec un homme. Peut-être. Jamais plus avec Henri, en tout cas. Mais pourquoi pas de temps en temps introduire un personnage de plus dans leurs jeux ? Voir Charn, le sexe de Charn – qui resterait épilé, elles étaient d'accord sur ce point – pénétré par un pieu solide y poser la bouche immédiatement après le retrait, sentir le regard de Charn sur elle-même pendant que le même homme la pénétrerait, lui sur le dos, elle dessus... Ces pensées lui donnaient immanquablement le désir de se pencher sur la fente nue, ou d'offrir son propre ventre à la langue habile de son amie.

Alors Charn, au regard de la femme blanche, comprenait, se couchait sur le dos en travers du grand lit et levait haut les jambes. Élisa s'agenouillait et il lui semblait chaque fois découvrir pour la première fois les plis intimes de la chair d'une fille. Elle s'émerveillait de pouvoir écarter les lèvres de la fente, de découvrir le bouton sensible, la profondeur glissante du vagin. Elle commençait toujours d'un index timide en haut, sur le clitoris, descendait, enfonçait doucement le doigt, puis lui imprimait des mouvements violents d'aller-retour en frappant du poing fermé à chaque enfoncement. Elle était invariablement secouée d'un spasme proche d'un orgasme et plongeait violemment la tête, bouche ouverte, pour lécher, aspirer. Charn finissait par émettre un cri aigu. Alors, les deux femmes échangeaient leurs rôles.

Quand Élisa pensait qu'elle avait attendu d'arriver à trente ans pour explorer l'intérieur du sexe d'une autre femme et découvrir le plaisir qu'elle pouvait en obtenir, elle avait envie de pleurer pour tout le temps et tout le plaisir perdus.

Pendant ces quatre jours, elles ne répondirent pas au téléphone, n'écoutèrent pas les messages enregistrés par le répondeur, n'ouvrirent pas quand on sonna au portail, laissèrent le courrier dans la boîte aux lettres. Entre leurs jeux érotiques, elles se promenaient dans la ville ou la forêt proche. La pluie avait cessé. Le temps se radoucissait et l'automne donnait aux feuilles des couleurs fauves qui émerveillaient Charn. En Thaïlande, il n'y a pas d'automne et la température descend rarement au-dessous de vingt degrés.

Finalement, Élisa se sentit assez forte pour téléphoner à son mari et lui apprendre qu'elle voulait divorcer. Il fallait bien aussi qu'il puisse lui renvoyer le courrier qui devait arriver pour elle, qu'il dise à ses amis où elle se trouvait.

La nuit venait de tomber. Charn avait voulu préparer le dîner. Elle ne savait pas faire grand-chose et Élisa l'avait guidée, se limitant à des choses simples, salade de tomates, tournedos, flan. Elles avaient ensuite chargé le lave-vaisselle et s'étaient assises dans le salon, devant la télévision.

Plutôt que d'allumer le poste, Élisa rassembla ses forces et appela son mari. Contrairement à ses craintes, elle n'eut pas à affronter la violente colère avec insultes et menaces qu'elle attendait. Il fut étrangement calme, au contraire, et finit même par affirmer que lui aussi avait constaté depuis longtemps que leur couple était un échec et qu'il était soulagé que ce soit elle qui ait pris l'initiative de la rupture. Il ne fit aucune allusion à Charn.

La seule chose qu'il demanda fut une dernière entrevue pour discuter de l'arrangement du divorce et aussi pour lui remettre un collier de perles oublié, auquel elle tenait beaucoup.

Élisa accepta qu'il vienne le vendredi à midi et raccrocha, infiniment soulagée.

*
* *

Henri Granier était soulagé, lui aussi. Il essuya d'un revers de manche son front mouillé de sueur et reposa lentement le combiné. Il estimait avoir assez bien joué son rôle de mari compréhensif qui accepte l'inévitable et souhaite que tout se passe aussi correctement que possible, sans drame inutile. Il disposait de près de quarante-huit heures pour terminer de mettre au point le plan auquel il songeait depuis la gifle ressentie l'autre jour au château. Il était, il serait toujours, celui qui se retrouve seul, sans voiture à cinquante kilomètres de chez lui, au milieu de la nuit parce que sa femme l'a plaqué pour une autre femme. Jamais, on ne l'inviterait plus aux partouzes du château, ni chez aucune des relations de la baronne de Boismoreau.

En plus, et infiniment plus grave, était le fait que Charn Issara se trouvait libre et dans la nature. Elle finirait bien, un jour ou l'autre par parler, par dire comment elle était venue en France. Le premier flic qui lui demanderait son identité déclencherait un mécanisme qui finirait forcément par réveiller les enquêtes sur les filles trouvées mortes dans les forêts de la région parisienne. La police découvrirait alors facilement qu'elle était arrivée en France accompagnée d'un certain Serge Morand.

Là, par contre, les flics seraient bloqués : ils n'auraient aucun moyen de découvrir que le vrai nom de Morand était Damien Mourier. Mais la filière serait brûlée. Charn pourrait facilement aider la police à établir un excellent portrait-robot de Damien et celui-ci, même sous un nouveau faux nom, ne pourrait plus effectuer ses voyages. Alors, tarie la source de revenus qui devait rendre Henri financièrement indépendant de sa femme et même, il y comptait bien, le rendre plus riche qu'elle.

Il était évident que Charn et Élisa devaient mourir, l'une pour ne pas avoir l'occasion de parler, l'autre pour son fric. Henri s'était, dès le départ senti assez *intelligent* pour tuer sa femme sans aucun risque d'être pris mais n'en avait jamais eu le *courage*. Maintenant, il n'était plus qu'un bloc de haine pour celle qui avait démoli le cadre de son existence, qui l'avait ridiculisé devant ceux auxquels il tenait le plus, qui voulait le laisser sans argent, l'obliger à travailler pour gagner sa vie. L'idée qu'il la verrait bientôt morte à ses pieds lui provoqua une sorte d'orgasme.

CHAPITRE VI

La fille se trouvait au milieu du hall du terminal 1 de Roissy, à l'étage où les voyageurs échangent leurs billets contre des cartes d'embarquement et déposent leurs valises. Un téléphone portable à la main gauche, elle gesticulait du bras droit en parlant fort pour compenser la mauvaise qualité de la communication. Quand Gribovitch passa près d'elle pour approcher du comptoir de la Thaï Airways, il faillit être éborgné par un coup du bout des ongles dans les yeux. Ce fut la fille qui poussa un cri.

— Excusez-moi, dit-elle ensuite. Mais non, pas toi, ajouta-telle dans son téléphone. Je viens d'assommer un mec. Bon je te quitte. Gros bisous.

L'inspecteur avait d'abord marmonné un « ce n'est rien » menteur tout en poursuivant sa route mais un coup d'œil à son agresseuse le ralentit. Un peu grande, juste de la même taille que lui, elle portait ses cheveux entre blond foncé et châtain clair, en une longue natte dans le dos. Sa robe rouge, très légère, avait été choisie pour la température qui devait régner à Bangkok. Le décolleté, en particulier, laisserait facilement circuler l'air...

Gribovitch composa son sourire le plus séducteur possible.

— Les communications doivent être mauvaises, au milieu de tout ce béton, non ?

La fille finit de ranger son portable dans un gros fourre-tout rouge sang.

— Horribles. Je veux dire que les communications sont aussi horribles que ce terminal circulaire. Il a été conçu par un malade mental, vous ne trouvez pas ? Je n'avais rien de plus à dire à ma copine. Je ne suis pas méchante mais j'égorgerais avec plaisir l'architecte qui a fait ça et qui s'est cru plus intelligent que tout le reste de l'humanité. Il ne lui est pas venu à l'idée que si tous les immeubles du monde, dans toutes les civilisations et de tous les temps sont rectangulaires, c'est qu'il y a une bonne raison.

Le terminal 1 de l'aéroport de Roissy a en effet, la forme d'un camembert avec un gros trou au milieu. On circule à chaque étage par un long couloir circulaire et on ne sait jamais dans quel sens il faut tourner pour aller où on veut. L'inspecteur avait déjà plus d'une fois fait un tour complet pour rien et lui avait aussi maudit le concepteur.

Il approuva chaleureusement et en rajouta :

— En plus, les avions sont obligés de faire des détours énormes pour venir aux passerelles...

En même temps, son cerveau avait noté que la fille avait pris soin de préciser que c'est à une copine qu'elle téléphonait. Il en déduisait qu'elle avait voulu faire comprendre qu'elle était libre. Il montra du menton le comptoir de la Thaï, avec le panneau indiquant qu'on enregistrait pour le vol TA556 en direction de Bangkok.

— C'est là que vous allez ?

— Oui. Je viens juste de leur donner ma valise.

— Vous avez quelle place ? Je vais demander le siège voisin et on va faire le voyage ensemble. Ça nous permettra de comparer nos idées en architecture. C'est votre métier ?

— Je suis journaliste. Vous êtes pédophile ?

L'inspecteur commençait à se faire une idée de la spontanéité de la fille mais la question le souffla un peu.

— Pas du tout. Je voyage pour une grosse société.

— Ne vous vexez pas. Je vais là-bas pour un reportage sur le tourisme sexuel des pédophiles occidentaux. Vous m'auriez indiqué les endroits à voir. C'est mon premier gros sujet et il faut que je rapporte du neuf. Ce sera dur. On en a tant dit ou écrit dessus...

— Je vous aiderai, n'ayez crainte. Une femme seule ne peut pas aller dans certains endroits. Maintenant, venez avec moi. Il faut que je donne mon billet. Nous n'avons plus beaucoup de temps.

En obtenant le siège voisin de celui de la journaliste, l'inspecteur eut quelques remords de laisser Sophie seule. Il apaisa sa conscience en se disant qu'elle était certainement déjà dans la salle d'embarquement et qu'il n'avait plus le temps de chercher quel siège elle occupait. En plus, c'est bien connu, il ne faut jamais négliger une occasion d'avoir les médias avec soi. En continuant à réfléchir, il en arriva presque à la conclusion qu'il agissait ainsi par pur devoir.

*

* *

Déjà, après une heure de vol, l'inspecteur ne parlait pratiquement plus, saoulé par le monologue ininterrompu de la fille. Elle s'appelait Marie-Laure Ceste, venait d'être embauchée à l'essai au *Figaro* après deux ans de recherche d'emploi. Il sut tout d'elle, de sa plus tendre enfance jusqu'à ce jour, y compris la liste de ses écoles ; lycée, études supérieures, copains, amies, parents, cousins, cousines, fracture du bras... Même l'âge et les circonstances des premières règles (à douze ans et quatre mois) et du dépucelage (à dix-sept ans et demi, dans une Renault 21 après une séance au cinéma dans le quartier Montparnasse) y passèrent, avec des détails précis et complets.

Il la laissait parler et se contentait de relancer de temps en temps la conversation par des approbations polies. Il finit par lâcher qu'il était policier, ce qui provoqua une réaction négative, puis qu'il était sur la piste d'un pédophile, ce qui remonta ses actions. La perspective d'obtenir des informations de première main en restant proche de l'inspecteur au cours de son séjour à Bangkok eut même pour conséquence que Marie-Laure proposa qu'ils descendent dans le même hôtel. Le sien était déjà réservé. Il s'agissait du *Shangri-la*, sur la Soi Wat Suan Plu, au bord du fleuve Chao Praya. Alex accepta et renchérit en proposant, pour diminuer les frais, qu'ils partagent la même chambre. Après quelques protestations de pure forme, ceci fut accepté et la main de Gribovitch, jusque là fermement repoussée fut admise à condition de se faire indiscrète.

Après le dîner, des couvertures furent distribuées, ce qui apportait la garantie d'un minimum de décence. Alex coupa l'éclairage individuel, releva l'accoudoir entre leurs sièges. Sa main se posa sur le genou, remonta sous la jupe et atteignit rapidement la symbolique défense d'une minuscule culotte qui ne demandait qu'à disparaître dans un pli de chair ou à s'écarter, au contraire. Marie-Laure laissa faire quelques secondes puis serra les jambes et repoussa Alex.

— Attends.

Elle se rendit aux toilettes et revint, le poing fermé sur une petite boule de tissu qu'elle rangea dans son sac.

— Maintenant, tu as le champ libre. S'il te plaît, ne me fais pas trop jouir. J'ai des orgasmes plutôt bruyants.

L'avion n'était qu'à moitié plein et les passagers les plus proches, soit regardaient le film, leurs écouteurs sur les oreilles, soit cherchaient la meilleure position pour dormir. Le vol devait durer encore près de huit heures. Personne ne faisait attention au couple formé par le policier et la journaliste.

Alex lui écarta bien les cuisses, passant une jambe par-dessus les siennes. Le vagin était déjà parfaitement glissant. Le doigt s'enfonçait facilement. Une hôtesse passa, devina et tourna pudiquement la tête.

Marie-Laure décrivit ce qu'elle voulait, comment il fallait enfoncer, ressortir, à quel rythme.

— Plus fort, moins vite. Mets-y deux doigts. Frappe avec ton poing fermé quand tu enfonces.

Comme ça... Maintenant, gratte-moi un peu l'anus, du bout de l'ongle, juste quelques secondes.

Elle essayait de chuchoter pour rester discrète mais sa voix était de moins en moins contrôlée et s'exclamait parfois.

— Maintenant, mon petit bouton ! Un seul doigt. Pas l'ongle, je suis très sensible. Un peu plus haut. Voilà. Maintenant accélère. Et mets-moi l'autre main sur la bouche, sinon même le pilote va m'entendre.

Après, elle resta silencieuse quelques courtes minutes puis recommença à parler.

— Et toi, mon lapin, tu n'as pas eu ta part... Je vais t'arranger ça. Je ne peux pas te sucer ici, mais je vais te soulager à la main. Tu veux bien ? Je mets la couverture sur tes genoux, je te débraguette... ça y est. Maintenant je la sors... Mon Dieu, qu'elle est grosse ! Je ne me souviens pas d'en avoir jamais eu une pareille entre les jambes. Je vais jouir comme une reine quand tu me la mettras. C'est bien ici le point sensible ? Je n'y vois rien, tu comprends...

*

* *

Comme tous les autres, l'aéroport Don Muang,

celui de Bangkok a été construit en béton avec davantage le souci de l'efficacité et de l'économie que de l'esthétique. Les deux inspecteurs changèrent de l'argent, pour avoir des bahts, la monnaie locale, puis allèrent faire la queue pour avoir un taxi. Marie-Laure continuait à parler fort et à jet continu, faisant de grands gestes. Quand Alex l'avait présentée à Sophie, elle l'avait toisée d'un regard incertain, se demandant si elle se trouvait face à une rivale. En plus, elle était forcée d'admettre en elle-même que la collègue d'Alex était de loin la plus jolie. La journaliste avait l'abondance des formes mais Sophie la finesse des traits et n'avait de rondeurs que ce qu'il fallait.

Passé la première minute, et devant l'amabilité de l'inspecteur Leclerc, la spontanéité de Marie-Laure avait repris le dessus et elle était devenue sincèrement amicale. Pendant qu'ils attendaient dans la file, la journaliste sortit un gros carnet noir et entreprit d'interroger Sophie sur la vie des femmes policières, dans l'espoir de vendre un reportage sur ce sujet, en plus de celui commandé sur le tourisme sexuel. Simultanément, à cause de la chaleur, elle créait, pour s'aérer, un courant d'air en agitant les bords de sa robe au niveau du décolleté. Gribovitch en profitait sans vergogne. Dehors, il faisait bien au-dessus de trente degrés.

Le taxi était une antique Toyota dont une climatisation bruyante n'arrivait pas à réduire la chaleur. Gribovitch s'était assis entre les filles, à l'arrière et ne souffrait pas, au contraire, du manque de place.

En Thaïlande, on circule à gauche. Sur la voie express, c'est presque la seule différence avec une autoroute française. Arrivé en ville, cependant, le visiteur normal est effaré par la violence d'une circulation chaotique où voitures, tuk-tuks, sortes de triporteurs motorisés, scooters, semblent en permanence se défier, se menacer et conduire avec en permanence le pied à fond sur l'accélérateur, ou sur le frein. Il y a même des myriades de cyclistes, dont on se demande combien de temps ils peuvent survivre, des charrettes tirées par un âne et transportant de petites collines de fruits...

— On m'avait dit que Bangkok est la ville la plus dangereuse du monde, pour la circulation, murmura Marie-Laure en saisissant la main d'Alex, mais je n'imaginais pas ça.

— C'est vrai que c'est pire qu'à Paris...

Quand le taxi s'arrêta, sur un dernier coup de frein violent, Gribovitch chercha le compteur. Il n'y en avait pas.

— Dix mille bahts ! affirma le chauffeur.

Puis il se lança dans une explication que son mauvais anglais rendait confuse et par laquelle, il tentait certainement de justifier le prix.

L'inspecteur, fronça les sourcils, essayant de calculer le prix en francs. Le chauffeur se méprit et proposa :

— Cinq mille bahts !

Il continua à expliquer qu'il ne pouvait faire mieux, ayant de lourdes charges. Alex avait calculé que la somme représentait cent francs et jugeait inutile de discuter. Il tendit un billet. Les femmes étaient déjà descendues. Il les suivit.

L'hôtel *Shangri-la*, derrière une façade se voulant « typique », présentait le même confort bien organisé et aseptisé que tous les grands hôtels internationaux destinés aux touristes, en tout cas à ceux qui aiment aller loin retrouver la même atmosphère que chez eux.

Ils entrèrent tous les trois dans la chambre d'Alex et Marie-Laure, au huitième étage. Là, rien n'aurait permis de savoir dans quel pays on se trouvait, sauf l'annuaire téléphonique et un petit écriteau en plusieurs langues, dont le thaïlandais, posé sur le poste de télévision.

— J'ai l'intention d'aller me promener dans les quartiers chauds, annonça Marie-Laure mais j'imagine qu'il faut attendre ce soir. Il faut aussi que j'arrive à interviewer un responsable de la police.

L'inspecteur jeta un coup d'œil à sa montre. Dix heures du matin à l'heure locale. Sophie et lui avaient rendez-vous avec le chef de service de la brigade des affaires criminelles, l'équivalent de la police judiciaire française, à treize heures. Il se sentait le besoin de s'allonger pour dormir un peu après plus de dix heures d'avion, et aussi pour autre chose.

— Tu iras voir les flics cette après-midi. En attendant, je suggère que nous nous reposions un peu de cette nuit passée dans l'avion sans dormir.

— Tu as raison, dit Sophie. Je vais en profiter pour prendre un bain. Ma chambre est juste en face.

Elle saisit sa valise, ouvrit la porte et se tourna avant de sortir.

— Reposez-vous bien.

Il y avait dans sa voix une ironie qu'ils firent semblant de ne pas percevoir.

Quand elle eut refermé la porte, Gribovitch se tourna vers Marie-Laure.

— Je vais te baiser tout de suite. Ça fait des heures que j'en ai envie.

Marie-Laure eut un haut-le-corps.

— Il y a deux catégories d'hommes, dit-elle sévèrement. Ceux qui proposent aux filles de faire l'amour avec elles, et ceux qui veulent les sauter...

— Le résultat est le même, tenta Alex qui voulait couper un nouveau discours.

— Non. Ceux qui veulent faire l'amour ne considèrent pas la fille comme un simple objet dont on se sert pour son plaisir. Ils veulent partager un moment avec elle, à égalité.

— C'est bien ce que je veux, continua Alex, qui faisait semblant de ne pas comprendre. Partager.

— Tu as dit que tu allais me baiser. Donc tu fais partie de la deuxième catégorie, celle des hommes qui nous traitent comme des objets, veulent nous dominer, nous utiliser. Tu es un macho. Mon âme ou ma personnalité ne t'intéressent pas. Tu veux juste mon cul pour éjaculer.

— Et toi, que penses-tu ? Que tu vas faire l'amour ou te faire sauter ?

Marie-Laure ôta ses chaussures et se tourna pour qu'Alex descende la fermeture Éclair dans son dos.

— Tu as de la chance. Bien que j'en aie honte, je fais partie de ces filles qui pensent « Il va m'avoir » et aiment les mecs qui dominent. Pendant la chose, je ne me dis pas « je fais l'amour ». Je me dis « il me la met, il me baise, il jouit ». En plus, pour ton information, j'aime bien que le garçon me raconte ce qu'il fait, ou va faire.

— Eh bien, je vais enlever ta robe, puis ta

culotte et regarder ta fente. Ah, erreur de déduction pour l'inspecteur que je suis. Tu n'avais pas remis la culotte... Je vais t'allonger sur le dos, t'écarter les jambes pour voir encore mieux. Comme ceci...

En même temps qu'il parlait, Alex faisait ce qu'il disait. Il s'agenouilla pour plonger la tête entre les cuisses ouvertes et insérer le bout de sa langue, ce qui le dispensa de continuer à décrire la scène. Marie-Laure réagit par des mouvements convulsifs. Elle lui tint la tête pour mieux le guider. À mesure qu'elle perdait son contrôle, elle lui tirait les cheveux, sans s'en rendre compte, à lui faire mal. Pendant tout le temps, elle continuait à parler « Plus haut la langue... Oui, ici, insiste... Plus profond si tu peux... Reviens sur le clitoris... »

Il en arrivait à se demander si elle se taisait, au moins, en dormant.

Le voyage en avion les avait excités tous les deux. Elle eut un premier orgasme dans la bouche d'Alex. Il se redressa alors pour se jeter immédiatement sur le ventre de Marie-Laure et la pénétrer. Il donna quelques coups de reins, essaya en vain de se retenir pour faire durer et eut l'impression de jouir comme rarement dans sa vie tandis qu'elle explosait bruyamment.

Ils s'endormirent et n'émergèrent que quand

Sophie appela sur le téléphone intérieur pour dire qu'il était temps de partir. Ils n'avaient pas déjeuné mais, à cause du décalage horaire et grâce à tout ce qu'on leur avait servi dans l'avion, ils n'avaient pas faim. Ils appelèrent un taxi. Marie-Laure aurait bien voulu assister à l'entretien entre le responsable de la brigade criminelle et les inspecteurs mais Alex refusa et la laissa sur le trottoir chercher seule un policier qui voudrait bien lui parler du tourisme sexuel.

*

* *

Le chef de la brigade criminelle était un petit brun sec à la peau très foncée, doté d'une moustache en guidon de vélo exceptionnellement longue pour un Asiatique. Son bureau, couvert de cuir vert, était absolument net à l'exception d'un stylo en or et d'une plaque en bois avec son nom en lettres de cuivre : Y. Rangsit.

Il ne montra aucune chaleur et prononça immédiatement un « je vous écoute » plutôt froid. Il avait parlé en anglais, avec un accent assez fort et Gribovitch pensa que la conversation serait difficile. Il afficha le sourire le plus aimable qu'il put et commença :

— Voilà. Nous nous intéressons à un pervers...

Rangsit le coupa immédiatement.

— Sachez que la Thaïlande en a plus qu'assez de voir débarquer tous les jours, je dis bien tous les jours, des bataillons de soi-disant touristes qui ne viennent ici que pour tripoter, ou pire, des enfants. Non seulement, nous sommes révoltés de voir nos jeunes souillés et salis pour toute leur vie mais, en plus, ceci nous fait une réputation monstrueuse. Vu de chez vous, je le sais, nous sommes une nation-bordel. Eh bien, c'est faux !

Sa voix avait monté, comme s'il englobait les inspecteurs dans sa réprobation. Il continua, penché en avant.

— C'est faux ! Il reste encore des poches de pauvreté, comme dans tous les pays du monde, même en France, et ce sont tous les pervers de vos pays qui ont fait de ces pauvres gosses des prostitués, filles ou garçons.

Gribovitch avait envie de se mettre à crier plus fort, mais jugea plus habile de se taire. Sa diatribe terminée, le responsable se laissa aller contre le dossier de son fauteuil et le silence s'installa. Cela dura un long moment de tension croissante jusqu'à ce que Rangsit pousse un long soupir.

— Excusez-moi. Je suis tellement écœuré que je me mets en colère assez facilement quand on aborde le sujet. Dites-moi ce qui vous amène.

— Donc, nous recherchons un homme qui a fait

venir en France plusieurs adolescentes de votre pays. Ces filles ont été droguées et sont mortes, probablement assassinées.

— Vous pouvez me donner leurs noms ?

— Voici.

L'inspecteur Gribovitch sortit une simple feuille de papier de sa poche.

— Cette liste, ce sont les noms. Ensuite vous avez les renseignements anthropométriques des corps. Nous n'avons évidemment aucun moyen de faire correspondre les noms et les corps.

Rangsit se pencha sur le papier. De naturellement peu expressif, son visage devint impénétrable. Il baissa la tête, puis se tourna brusquement vers une armoire métallique verte, comme on en trouve dans tous les pays du monde dans les bureaux meublés à bon marché. Il l'ouvrit et sorti un dossier, qu'il posa sur sa table et feuilleta longuement.

— Je n'ai aucune disparition à ces noms là.

— Il s'agit forcément de faux noms.

— Qui vous dit que ces noms, vrais ou faux, sont ceux des filles mortes chez vous ?

Alex réprima un geste d'impatience.

— Le fait qu'elles sont venues chez nous, en France avec un billet en aller simple et que, selon nos vérifications, aucune n'est repartie par avion.

— Un aller simple... Vous dites qu'on les a droguées à mort... Pauvres filles.

L'inspecteur se demandait que penser de la personnalité de son interlocuteur. Peut-être était-il tout simplement sincèrement ému en pensant aux enfants de son pays violés et tués par des étrangers riches et arrogants.

— Comment voulez-vous que je les identifie, ces gamines ? Vous avez des photos, des éléments utiles ?

— Non. Les visages ont été rongés par de l'acide. Les doigts aussi. Je n'ai ni photo ni empreinte. Juste la taille, la corpulence... Ce que je vous ai donné sur le papier est absolument tout ce que nous avons.

Rangsit relut le document et eut un hochement de tête découragé.

— Aucune chance que je les retrouve avec si peu. Si elles ont été prises dans un bordel, elles n'avaient probablement aucune existence légale. Dans ces milieux, les naissances ne sont pas toujours déclarées, les gosses ne vont pas à l'école. Ils peuvent mourir sans que personne ne s'en aperçoive, sauf leur mère, et encore... Si elles ont été achetées à leurs parents ou à celui qui les avait achetées à leurs parents, leur disparition n'a sûrement pas été signalée... Enfin, je vais voir. Mais il n'y a pas une chance sur dix mille.

Ils furent interrompus par une adorable poupée thaïlandaise en robe tunique rouge et or qui la couvrait, du cou aux chevilles, qui apportait un plateau avec des tasses et des petites pâtisseries. Elle ressortit à reculons, revint avec une théière et servit un thé à la menthe à l'odeur puissante. Elle posa la théière sur le plateau et sortit une dernière fois, toujours à reculons, mains jointes.

Gribovitch profita de la pause pour allumer une Gitane blonde et laisser s'installer un nouveau silence. Il était obligé d'admettre qu'il n'avait donné à Rangsit aucune piste pour identifier les filles. Il cherchait quels conseils il pouvait donner mais ne trouvait rien. Il fut coupé par Sophie.

— Quant à l'homme...

Le chef de la brigade sursauta.

— Ah oui, il y a aussi l'accompagnateur...

— Il est arrivé ici hier, continuait Sophie. Son nom, enfin, le nom sur son passeport, est Serge Morand. Il devrait être plus facile à trouver, lui.

— À part le nom, vous avez quelque chose ?

— Rien du tout

— Ça vous arrive souvent de trouver un suspect à partir de si peu d'éléments, dans la police française ?

Gribovitch faillit répondre qu'il avait déjà trouvé le nom du suspect à partir de strictement rien mais préféra ne pas étaler sa supériorité.

— Je sais bien, mon cher collègue, que nous vous demandons un travail impossible, mais nous ne pouvons pas ne pas vous le demander, comprenez-nous...

Rangsit prit sa tasse et invita les Français à se servir en pâtisseries. La conversation dévia sur des banalités de pure courtoisie réciproque ayant pour but de détendre l'atmosphère et d'établir de bonnes relations. Finalement les policiers français se retirèrent sur l'invitation à revenir le lendemain pour voir si l'enquête avait donné quelque chose.

— Comment tu le trouves, ce collègue ? demanda soudain Gribovitch à Sophie.

— Bizarre. Il faut dire que je n'ai pas l'habitude de fréquenter des chefs policiers asiatiques, mais je trouve curieux qu'il ait posé si peu de questions. Si on ne lui avait pas parlé de Morand, à la fin, il n'aurait pas abordé le sujet.

— Peut-être que poser des questions, chez eux, est impoli, ou alors fait perdre la face.. Mais moi aussi, il me laisse perplexe.

Ils avaient constaté à l'aller que la distance entre le *Shangri-la* et la brigade criminelle, Pracha Thipok Road, est faisable à pied. Comme il ne pleuvait pas, ils rentrèrent en marchant lentement le long de boutiques presque toutes chinoises, de la plus minuscule vendant des fruits, à la plus luxueuse aux vitrines pleines de caméscopes ou de téléviseurs.

— Nous voici en vacances jusqu'à demain, constata Sophie. Qu'est-ce qu'on fait si on apprend demain que ce cher M. Rangsit n'a rien trouvé et ne pense rien trouver dans un avenir prévisible ? Griffon nous a expressément interdit d'enquêter nous-mêmes.

Cette question, l'inspecteur Gribovitch se la posait depuis un moment et agitait dans sa tête toutes les possibilités imaginables de désobéir à son chef.

— Il ne nous a pas expressément interdit de téléphoner à Morand pour savoir où il se trouve.

— Parce que tu as son numéro de téléphone, railla Sophie.

— J'ai dans ma chambre...

— « *Ta* » chambre ? ironisa lourdement Sophie.

— Dans la chambre où je dors...

— Parce que tu dors « *aussi* »...

— Arrête de te moquer de moi. Donc il y a dans cette chambre un annuaire téléphonique de Bangkok. L'un des numéros doit bien permettre d'appeler Morand.

— Et tu vas tous les appeler l'un après l'autre en disant, en thaïlandais « Bonjour, M. Morand est-il ici ? ».

— Non, pas tous. Je vais seulement faire les

hôtels. Ceux qui accueillent des étrangers parlent certainement tous anglais. Je sais bien que Morand n'est pas forcément descendu dans un hôtel, surtout s'il a des amis ici, mais on peut essayer.

— Tu as raison. On va se partager le boulot.

CHAPITRE VII

Damien Mourier connaissait suffisamment Bangkok pour savoir où louer une voiture et se diriger dans le pays sans guide. Au volant de sa petite Hyundai, il avait pris la voie express vers le nord, comme pour aller à l'aéroport, mais dépassé celui-ci. Il avait finalement emprunté une petite route de campagne qui serpentait entre des rizières uniformément vertes. Il dut ralentir fortement pour éviter les ornières et les nids de poule. Il avait plu et boue rendait la voiture difficilement contrôlable.

Il fut soulagé d'arriver au bourg, un gros village, où il était attendu. On lui avait dit qu'il s'agissait de la seconde maison, en arrivant depuis Bangkok, sur la gauche dans l'unique rue du village. À cause de la température élevée, les maisons des pauvres n'ont pas de véritables fenêtres. Elles comportent toutes un petit autel qui est censé abriter les âmes des ancêtres. La cuisine, source de chaleur, se fait à l'extérieur, sous un auvent. C'était un village semblable à ceux où Damien Mourier s'était déjà rendu.

La maison où il se rendait était une minuscule bicoque en lattes clouées sur des tasseaux de bois. Elle avait été peinte en bleu, bien des années plus tôt, mais la couleur ne subsistait qu'à l'état de traces. Le Français se gara juste devant. Un paysan maigre et légèrement courbé apparut sur le seuil de la porte. On l'avait guetté. Avant d'entrer, Damien Mourier ôta ses chaussures.

L'intérieur était constitué d'une seule pièce, et il n'y avait pas de vitres aux fenêtres. En face de la porte, deux paravents en tissu brun, effrangés cachaient la partie qui devait servir de chambre pour tous les habitants. Sur la droite, dans la partie libre, une table portait des casseroles et des sacs de riz. Par terre, près de la table, une grande bassine en plastique jaune était pleine de linge qui trempait.

La partie de gauche était libre. C'est là que les hôtes se tenaient, un couple de paysans prématurément ridés et usés, habillés à l'ancienne de blouses larges et pantalons noirs, une jeune adolescente en tunique bleu, et enfin Song, le correspondant de Damien Mourier, en costume cravate. Tous étaient debout.

C'est Song qui avait ouvert la porte.

— Ils ne parlent pas un mot d'anglais seulement le thaïlandais.

— Parfait. Dis leur bonjour avec la politesse qui convient.

Song se lança dans un interminable discours pendant lequel il montra plusieurs fois le visiteur. Il souriait souvent. Le paysan lui répondit ensuite, parlant moins vite. Il termina en faisant signe au Français de s'asseoir.

— Il te dit qu'il est fier de l'honneur que tu lui fais d'entrer dans sa modeste demeure, etc... Et aussi qu'il espère que ta visite aura un résultat bon pour tous.

Il n'y avait que deux tabourets bas, dépareillés. Song et lui les occupèrent. Les paysans s'assirent par terre, jambes repliées sous eux. La fille resta debout, à l'écart.

Mourier l'examina. Elle était splendide. Son visage triangulaire avait une finesse de traits assez rare chez une Thaïlandaise. Ses jambes aussi étaient proches des standards européens de beauté, longues, fines. Ses seins étaient effacés par la tunique mais devaient eux aussi, correspondre au goût européen.

— Quel prix veulent-ils ? demanda-t-il.

— Trois cent mille bahts. Ça fait... soixante mille francs français. Mais il faudra payer en dollars.

— C'est cher, dit Damien, par principe. Je n'ai jamais payé tant.

— Pense à ce qu'elle va te rapporter.

— Quel est son nom ?

— Lad Prao. Prao, c'est le nom des ses parents.

Le visage de Lad Prao était parfaitement inexpressif et ses yeux obstinément tournés vers la porte.

— Elle sait, vérifia Damien, que je viens ici pour l'acheter ?

— À peu près. Elle se doute bien que tu ne vas pas payer une fortune, car pour eux c'en est une, dans le but de l'épouser ou de lui trouver du travail. Ce qu'elle imagine, c'est que tu veux la faire poser pour des photos ou jouer dans des films déshabillés, mais pas des pornos. Elle s'attend aussi, évidemment, à ce que tu couches avec elle.

— Et ses parents ?

— Ils s'en foutent.

Le contraste entre la finesse de la fille et « l'épaisseur » des parents étonnait Mourier.

— Ce sont bien ses parents, au moins ? demanda-t-il.

Song se lança dans une longue discussion avec eux. Damien vit le visage de Lad Prao se tourner vers le couple et marquer une attention soutenue.

— Ils disent qu'elle est absolument à eux

et qu'ils ont tous les droits sur elle. Ils l'ont recueillie quand elle était bébé et abandonnée. Probablement par une paysanne voulant oublier le mauvais souvenir d'une rencontre forcée avec un militaire américain, ou par une prostituée...

— Elle a des papiers d'identité ?

— Les parents ne l'ont jamais déclarée. Elle est totalement inconnue à l'état civil. J'ai vérifié.

— Qu'est-ce qu'ils diraient, si je demandais à la sauter maintenant, à titre d'essai ?

— J'ai déjà essayé. La réponse est qu'on doit payer d'abord, faire ce qu'on veut après. Ils disent qu'elle est vierge. Ce n'est pas absolument impossible. Moi je te conseille de maintenir la fiction d'une carrière de cinéma en France, au moins jusqu'à ce que tu y sois. Je ne garantis rien à partir du moment où elle comprendra ce qu'on veut faire d'elle.

Mourier dut admettre que Song avait parfaitement raison. Il avait déjà failli avoir de graves ennuis en étant trop pressé. Certaines des filles qu'il avait fait venir en France étaient déjà des prostituées qui ne se souciaient pas d'un coup de queue en plus, mais d'autres avaient rêvé de cinéma ou de carrière de « top model » et réagi très violemment en comprenant la vérité.

Les deux paysans attendaient, tendus, sous une apparence impassible.

— Bon, dit Mourier. Essaie de négocier un peu le prix. Pour le principe.

— Ils s'y attendent, de toute façon.

Song se lança dans une discussion animée et interminable. C'était surtout la mère qui parlait, le père se contentant d'onomatopées et de gestes approbateurs. Finalement, Song se tourna vers Damien.

— Deux cent cinquante mille bahts, environ cinquante mille francs. Ça te va ou je fais encore baisser ?

— Accepte.

Song dit quelques mots. La mère se leva, prit la main de sa fille et l'amena vers Damien en parlant.

— Elle dit que sa fille est à toi, traduisit Song.

Lad n'avait toujours pas prononcé un mot. Elle tenta un petit sourire de politesse.

— Dis-leur que je reviens demain matin à six heures avec l'argent et que je prendrai leur fille à ce moment là.

*

* *

Quand Mourier arriva à son hôtel et réclama sa clé, on lui remit en même temps un message. Son contenu était clair. On lui ordonnait de fuir.

CHAPITRE VIII

Sophie fut la première à terminer sa liste des hôtels. Sans résultat. Elle se rendit dans la chambre de Gribovitch. Celui-ci formait son dernier numéro. Il prononça en anglais « Bonjour, puis-je parler à Serge Morand ? », attendit la réponse, répondit « *thank you* » et raccrocha découragé.

— Que dalle, dit-il à Sophie, rageur.

— Pareil pour moi... Dis-donc, mon cher Alex, qu'a répondu ton dernier hôtel quand tu as demandé Morand ?

— Drôle de question. Ils ont dit « Il n'est pas ici ». Pourquoi demandes-tu ça ?

— Parce qu'un réceptionniste d'hôtel qui te dit que son client n'est « pas ici » ne veut pas forcément dire qu'il n'a pas de chambre dans l'hôtel. Peut-être Morand avait-il une chambre et était-il sorti se promener...

— Quel con !

Gribovitch avait crié. Sophie vit avec un

amusement un peu apitoyé le visage de son collègue se contracter et grimacer sous la colère. Parmi les choses qu'Alex trouvait pénibles reconnaître qu'il s'était trompé par un raisonnement incomplet ou un raisonnement faux était certainement la plus douloureuse. Surtout si l'erreur avait un témoin.

— Con que je suis, répéta-t-il. Je n'ai plus qu'à tout recommencer, en insistant assez pour être sûr qu'aucune chambre n'a été réservée.

— Bon. Pendant ce temps, je vais faire la même chose avec les loueurs de voitures.

Constater, qu'en plus, il n'avait pas pensé le premier à appeler les loueurs de voitures, finit d'assommer l'inspecteur.

Dix minutes plus tard, c'est lui qui entrait dans la chambre de Sophie.

— Ça y est. Morand est descendu à l'hôtel *Jade Pavilion*. C'est tout près. Je te propose d'aller y jeter un coup d'œil.

— Il a loué une voiture Avis, ajouta Sophie.

Ils firent à pied les trois cents mètres qui séparaient le *Shangri-la* du *Jade Pavilion*, un quatre étoiles lui aussi. Dans le hall, avec moquette rouge, plantes vertes artificielles, lustres de cristal, employés en uniformes noirs ou rouges suivant la fonction, rien ne permettait de savoir si on se trouvait en Asie, en Europe ou en Amérique du Nord.

En avançant vers la réception, les inspecteurs croisèrent un homme, un Blanc, qui partait, une grosse valise en cuir à la main. Inconsciemment, Gribovitch se dit qu'il est rare qu'on quitte un hôtel en milieu d'après-midi mais ne réagit pas plus.

— Je suis attendu par mon ami Morand, dit-il au réceptionniste. Dans sa chambre.

— Un moment...

L'employé se pencha sur son ordinateur. Un instant plus tard, il releva la tête.

— Vous n'avez pas de chance. Il vient juste de quitter l'hôtel. Il n'y a pas deux minutes qu'il a payé sa note.

*

* *

Après avoir quitté son hôtel, Damien Mourier s'était rendu au domicile de Rangsit, un vaste appartement sur l'avenue Suomi, le quartier chic de Bangkok. Le chef de la brigade criminelle y vivait en compagnie d'une très jeune Birmane, Sura Wong, qui lui servait de bonne à tout faire, vraiment tout.

Quand Mourier arriva, elle était seule, vêtue de son éternel kimono bleu et blanc qui faisait plutôt japonais que thaïlandais ou birman mais qui devait correspondre à l'idée quelle se faisait du luxe. Elle salua, courbée, les mains sur le cœur, sans un mot. D'ailleurs, elle ne parlait pratiquement pas l'anglais. Il n'était pas utile de lui demander pourquoi Rangsit avait voulu qu'il quitte son hôtel, d'abord parce qu'elle ne comprendrait probablement pas la question, ensuite parce qu'elle n'en savait certainement rien.

Elle prit la lourde valise et alla la poser sur un fauteuil puis disparut vers la cuisine. Quelques instant après, toujours silencieuse, elle apportait un plateau avec le thé. Comme il s'était assis sur le canapé, elle approcha une table basse et servit. Quand leurs regards se croisaient, elle baissait les yeux par politesse.

Mourier ne savait pas quand Rangsit se manifesterait. Il finit son thé, négligeant les biscuits qui avaient, pour un palais occidental, un goût prononcé de médicaments. Sura Wong restait proche, toujours debout, attentive, les bras le long du corps.

La couleur du kimono rappela à Mourier la tunique de Lad Prao, la fille qu'il venait d'acheter. Elle et Sura Wong avaient la même corpulence et l'air beaucoup plus jeune que leur âge réel. Il eut soudain envie de faire avec Sura Wong ce qu'on lui avait refusé avec Lad Prao. Il lui fit signe d'approcher du canapé s'y étendit à demi et lui tira la main vers son pantalon. Elle comprit et s'agenouilla.

Mourier se mit à rêver d'un monde où toutes les filles, sur un simple signe de la main vous offriraient leurs bouches…

La fille eut quelques difficultés à dégager le membre à cause de la raideur déjà établie mais le fit avec patience et délicatesse. « Jamais je n'ai vu une femme blanche aussi gracieux et habile », pensait Mourier.

La vision des petites mains sur son organe était presque plus forte que la sensation du contact physique. Sura Wong le regarda avec une moue expressive et un regard interrogatif. Il approuva de la tête. Elle se pencha et ouvrit grand la bouche. Il ne savait pas comment les filles d'Asie s'y prennent pour provoquer avec leur langue des sensations tellement plus fortes que les Blanches mais en eut un nouvel exemple. Peut-être était-ce tout simplement une question de patience et d'application. Il ferma les yeux. La langue était habile, lente mais infatigable. Les mains jouaient doucement avec ses boules, attentives à ne pas trop les serrer... Son éjaculation le surprit presque, soudaine, abondante, interminable.

Quand il rouvrit les yeux, Sura Wong était toujours debout près de lui, attendant les ordres. Il pinça le bas du kimono. Elle l'ôta et fut nue. Elle avait le sexe presque rasé, ainsi que le voulait Rangsit. Il tendit la main. Elle s'approcha. Pour lui faciliter le geste, elle tira une chaise et posa un pied dessus. Il caressa ses lèvres intimes du bout des doigts, puis enfonça l'index. C'était mouillé et parfaitement glissant. Son érection revenait. Il se leva et fit pencher Sura en avant, les coudes appuyés sur le canapé, très courbée. Se plaçant derrière clle, il hésita sur la voie à emprunter. Une exploration du bout du doigt lui fit penser que la voie étroite serait vraiment trop étroite. Il choisit alors la plus facile, saisit les hanches pour les soulever à la bonne hauteur, pénétra brutalement, puis s'acharna en coups de reins aussi violents qu'il le pouvait.

Un bruit de porte, des pas.

— Tu as raison d'en profiter. En prison, tu n'en auras pas des pareilles.

Mourier eut une envie désespérée de terminer mais sentit qu'il n'y arriverait pas. Le mot « prison » avait frappé trop fort.

— Qu'est-ce qui se passe ? demanda-t-il en se rajustant.

Rangsit n'était pas d'un naturel aimable et souriant. Là, il apparaissait nettement désagréable.

Après avoir congédié Sura Wong d'un geste sec, il attaqua.

— J'ai eu deux flics de Paris, en début d'après-midi, dans mon bureau. Ils te cherchent. Ils savent ton nom, le faux.

— Oh, merde !

Mourier sentit un grand froid l'envahir.

— Comment savent-ils ?

— Je ne sais pas. Ils ne m'ont pas dit. En dehors de tes voyages, tu n'as jamais utilisé ce nom pour autre chose ?

— Absolument pas. Je ne suis pas fou. Pour tout le reste, j'utilise mes vrais papiers. Je n'ai jamais montré mon passeport Morand qu'aux flics dans les aéroports. Je dis bien montré. Ils se sont toujours contentés d'y jeter un coup d'œil.

— Alors, ce nom n'est connu que des ordinateurs des compagnies aériennes.

— Eux et rien ni personne d'autre. Aucun des hommes auxquels je fournis les filles en France ne le connaît. Il n'y a que nous deux et Henri.

— Comme ça ne peut pas venir d'Henri, les flics français l'ont trouvé en recherchant dans les ordinateurs. C'est la seule explication.

— C'est possible ?

— Ecoute. Je suis peut-être un simple petit asiatique mais je suis flic quand même et je sais travailler.

Rangsit soupçonnait le constant mépris chez tous les Blancs et ne manquait jamais une occasion de leur rappeler qu'il était policier, ou homme, avant d'être un Jaune. Il continua :

— Tu vas immédiatement renoncer à ce passeport. Si tu t'en sers ne serait-ce qu'une seule fois de plus pour voyager, tu auras les flics à la descente de l'avion.

— Mais comment vais-je rentrer à Paris ? Tu sais bien que je pars demain matin... Et si j'allais à l'ambassade de France en disant que j'ai perdu mon passeport ? Je leur en demanderais un autre, à mon vrai nom, que la police française ne connaît pas.

— Trop dangereux. Ecoute bien ce que tu vas faire. Tu vas partir aujourd'hui, par un vol de nuit.

— Mais je n'aurai pas encore la fille. J'ai promis d'aller la prendre chez elle demain matin à six heures.

Rangsit réfléchit.

— Tu as l'argent ?

— Bien sûr. Tu sais bien que je le porte chaque fois dans ma valise.

— Alors, tu vas aller la chercher ce soir. Il n'y a aucune raison que les parents te la refusent, si tu payes. Ensuite, tu te rendras directement à l'aéroport. Moi, je t'y retrouverai. Je te donnerai un billet à un nom quelconque, ni Morand, ni Mourier.

Pour passer la sécurité, tu montreras ton passeport Morand et je veillerai à ce qu'on ne vérifie pas que ton billet est au même nom. Ensuite, tu jetteras le passeport dans les toilettes et tu passeras l'immigration en France avec ta vraie carte d'identité en te mêlant aux voyageurs arrivant d'un autre pays. C'est clair ?

La discussion fut interrompue par la sonnerie du téléphone dans une pièce voisine. Sura Wong arriva aussitôt, portant le combiné. Elle le remit à Rangsit et se retira.

Rangsit écouta un message, prononça quelques mots qui pouvaient être un remerciement et raccrocha. Ensuite, il dévisagea Mourier avec une sorte de haine dans le regard.

— C'était mon adjoint. Les deux policiers de cet après-midi t'ont vu quand tu es sorti de ton hôtel.

— Mais comment savaient-ils que j'y étais ? gémit Mourier.

— Comment j'aurais fait, moi, si j'avais voulu te trouver, tout flic d'un pays du tiers-monde que je suis ? J'aurais appelé tous les hôtels de luxe de la ville. Il n'y en a pas tant que ça.

— Ils m'ont réellement bien vu ?

— Je ne sais pas. Si c'est le cas, ils vont faire de toi un portrait-robot en rentrant en France et tu seras vite arrêté.

— Mais il ne faut pas !

Mourier avait crié.

— Non. Il ne faut pas, dit lentement Rangsit. Toi, tu retournes chez la fille, tu as juste le temps. On se retrouvera à l'aéroport. Pendant ce temps, je vais donner des ordres. Mais pas par téléphone.

CHAPITRE IX

En arrivant dans sa chambre au *Shangri-la*, Gribovitch était encore d'humeur massacrante. Il appela Rangsit pour lui donner les informations recueillies sur Morand mais fut informé que le responsable de la brigade criminelle était sorti. Par contre, comme il devait repasser au bureau avant la fin de la journée il pouvait prendre connaissance d'un message, s'il y en avait un.

— Dites-lui que Serge Morand avait une chambre au *Jade Pavilion*. C'est un homme d'une quarantaine d'années, aux cheveux blonds. Il a aussi loué une voiture chez Avis.

Quand il eut raccroché, il se tourna vers Sophie.

— Avec ça, si Rangsit ne le trouve pas, c'est qu'il ne veut pas le trouver.

Sophie sortit pour visiter la ville. Alex s'allongea sur le lit pour attendre l'heure du dîner. Il fut réveillé par l'arrivée de Marie-Laure. Toujours volubile et excitée, elle expliqua qu'elle avait réussi à faire parler des policiers. Elle s'était promenée dans le quartier chaud et avait même assisté à un spectacle.

— Il s'agit du quartier de Patpong. Il a trois rues, dont une, la Soi Jaruwan qui est réservée aux homosexuels. Soi, ça veut dire rue. Le quartier ne comprend que des bars avec arrière-salle pour ce que tu imagines et des petits théâtres pornos, avec encore des arrière-salles. Je suis entrée dans un théâtre. Il y avait un couple qui baisait.

— On peut voir ça aussi à Paris, remarqua Alex.

— Je n'en ai pas vus mais je le savais. Ceux-là étaient jeunes et beaux. Ils avaient l'air de s'amuser. Je n'ai pas trouvé ça choquant. Ensuite, après le couple, une fille est arrivée, seule. Elle avait un fil qui pendait entre les cuisses.

— Un tampon ?

— Non. Elle a tiré sur son fil et fait sortir une guirlande de lames de rasoir. Ensuite, elle a pris une des lames et a coupé une feuille de papier avec, pour bien montrer qu'elles étaient aiguisées.

— Ça prouvait que *cette* lame était aiguisée. C'est le flic qui parle. Par ailleurs, l'homme que je suis, malgré son habitude des choses malsaines, n'arrive pas à comprendre comment un cerveau humain peut trouver du plaisir à ce genre de spectacles. Tu crois que tu pourras raconter ça dans *Le Figaro ?*

Marie-Laure se tut, saisie et fronça les sourcils.

— Non, probablement pas. Merde !

L'inspecteur sourit.

— Tu feras deux reportages, un pour *Le Figaro*, un pour *Libération*.

La journaliste examina l'idée, puis reprit :

— Il faudra que j'y réfléchisse. Pour en revenir à la fille aux lames de rasoir, j'ai trouvé ça ignoble. Le numéro suivant était une fille qui devait fumer une cigarette avec son vagin, mais je ne l'ai pas vu, j'ai préféré partir. Enfin, j'ai une adresse de bordel pour pédophiles. J'irai ce soir. Ce n'est pas dans le même quartier. J'ai l'impression que le gouvernement d'ici commence à les pourchasser et qu'ils se font discrets.

— Une femme seule peut y entrer ? s'étonna l'inspecteur.

— Je ne serai pas seule. Tu me protégeras.

— Tu sais, je n'ai aucun goût pour ce genre de spectacle. Je vois tellement de choses ignobles dans mon métier que je n'ai pas envie d'en rajouter quand je ne suis pas en service.

— Je t'en supplie... tu ne vas pas tuer la grande journaliste qui s'éveille en moi... Si tu es gentil, je te fais la pipe de ta vie... et puis, qui sait si tu ne verras pas le bonhomme que tu cherches. Un pédophile, ça doit se trouver plus souvent au bordel qu'à l'église, où au temple.

On ne saura jamais si c'est la promesse de la pipe de sa vie ou l'espoir de rencontrer l'homme qu'il avait fugitivement entrevu à l'hôtel *Jade Pavilion*, qui décida l'inspecteur mais il finit par accepter.

La pipe ne fut pas pratiquée immédiatement, car Sophie arriva.

— J'ai fait tout le quartier, de ce côté du fleuve Chao Praya. Il y a une quantité extraordinaire de khlongs. Ce sont des canaux, assez malodorants, d'ailleurs. J'ai aussi fait la rue Prajaprorop, dans le quartier des boutiques. J'ai failli m'acheter une tunique. Les grandes avenues sont indiquées en anglais « Suomi Road »... Pour les petites rues, ou bien il n'y a aucun nom, ou bien il y a un panneau avec le nom dans leur alphabet, parfaitement inutilisable pour un Occidental. Je vous propose de dîner dans un restaurant local, plutôt que d'un steak frites ici.

Le restaurant local repéré par Sophie avait résolu le problème de la langue en disposant dans sa vitrine des imitations en carton-pâte des nourritures qu'il offrait. Le client entrait et après un coup d'œil sur la carte parfaitement illisible pour lui, le serveur l'invitait par signes à ressortir et se placer devant la vitrine ce qui lui permettait d'indiquer, toujours par signes, ce qu'ils voulaient manger.

— C'était très bon, conclut Sophie en finissant. Mais je serais tout à fait incapable de dire ce que j'ai mangé.

— Peut-être ne vaut-il mieux pas, suggéra Alex. Qui sait s'il n'y a pas du chien ou pire dans tout ça ?

Les filles lui ordonnèrent de cesser ses plaisanteries de mauvais goût et le laissèrent payer. Pendant tout le repas, Marie-Laure n'avait cessé de prendre des notes sur un gros carnet noir qu'elle transportait dans son sac à main. Elle avait expliqué que, en plus de son reportage sur les bordels de Bangkok, elle essaierait de vendre un article « couleur locale » montrant les bons côtés de la ville.

Mise au courant de la suite prévue, Sophie refusa de les accompagner et préféra rentrer à l'hôtel.

Quand Marie-Laure donna l'adresse qu'elle avait, en anglais, au chauffeur de taxi, celui-ci répondit dans un français très correct.

— Vous savez où vous allez ? En général, les hommes y vont seuls.

— Comment avez-vous appris le français ? s'écria Marie-Laure saisissant déjà son carnet.

— Je suis vietnamien. Je l'ai appris à l'école, il

y a longtemps. J'ai fui les communistes et j'ai fini par échouer ici. J'ai identifié votre accent quand vous m'avez parlé.

— Nous savons qu'il s'agit d'une maison close dit Gribovitch, qui ne voulait pas être confondu avec un pervers. On y va pour faire un reportage.

— Des journalistes... Il y en a presque autant que de pervers, ici, en ce moment.

— Vous êtes un « boat-people » ? demanda Marie-Laure en essayant de noter des choses malgré la pénombre de la voiture.

— On peut dire ça... Voilà. Nous y sommes.

Le taxi avait quitté le luxe de l'avenue Rajdamri et s'était garé dans une petite rue sombre devant un passage entre deux immeubles anonymes en béton. L'autre extrémité du passage débouchait sur une cour en terre, parsemée de flaques d'eau. Le fond de la cour était formé de la façade d'un bâtiment qui aurait pu être un entrepôt, n'eût-ce été sa large porte à tambour violemment illuminée. Au-dessus, trois « X » en néon rouge signalaient le caractère érotique du lieu.

L'intérieur se limitait à une immense pièce rectangulaire coupée en deux par une barrière basse devant laquelle un homme en smoking noir faisait les cent pas. Dans la partie de la pièce où arrivaient les visiteurs, un bar était aménagé avec des petites tables prévues pour deux personnes au maximum et qui, en fait, étaient presque toutes occupées par des hommes seuls.

Au comptoir et dans la salle officiaient des serveuses très jeunes violemment fardées, vêtues de jupes occidentales très courtes, sans bas.

Tous les clients tournaient le dos au comptoir et regardaient, certains avec une fixité inquiétante, vers la partie de la salle qui se trouvait au-delà de la barrière. Cette partie ne comportait que des bancs et des poufs, sur lesquels, sages et bien habillés, une dizaine d'enfants attendaient en s'ennuyant ou en bavardant à voix basse. Tous avaient moins de quatorze ans.

Gribovitch et Marie-Laure s'assirent. Une serveuse vint automatiquement porter un seau contenant une bouteille de « vrai champagne de Corée ». Elle murmura : « Deux mille bahts, sir » et attendit d'avoir été payée pour s'en aller.

Sans une musique chinoise en sourdine, le silence aurait été presque total.

— C'est horrible. J'ai envie de partir, glissa Marie-Laure.

L'inspecteur voulut goûter la boisson à deux mille bahts la bouteille, par principe, mais décida vite qu'il valait mieux gaspiller que de se rendre malade. Comme il s'apprêtait à reposer sa coupe, un client à une table voisine se leva et approcha de la barrière. À ses cheveux très blonds et ses joues roses et blanches, Gribovitch estima qu'il s'agissait d'un Allemand, un quinquagénaire bien nourri de charcuteries et de choucroute.

Le client discuta de façon animée avec le patron. Ils montraient du doigt certains enfants. Puis les deux sortirent par une petite porte opposée à la porte d'entrée. Quelques instants plus tard, le patron entrait seul dans la partie des enfants, se dirigeait vers un petit garçon, le prenait pas la main et sortait.

Marie-Laure franchissait déjà la porte principale. Gribovitch dut presque courir pour ne pas la laisser seule.

*

* *

Chongkolnee avait un problème. À résoudre seul, et vite. Dans l'après-midi, il avait examiné avec soin les photos du couple de Blancs qu'il devait éliminer, photos prises dans la rue quelques instants plus tôt mais de qualité très acceptable. Il était arrivé à leur hôtel au moment où ils montaient dans un taxi. Chongkolnee avait suivi jusqu'au bordel, assis à l'arrière du scooter de son ami Sen Asoke, et attendu qu'ils ressortent, restant dans la rue.

Sa première idée avait tout simplement été de

les suivre à pied quand ils ressortiraient et marcheraient vers l'avenue Rajdamri pour trouver un autre taxi. Il les rattraperait en marchant et leur donnerait, à l'homme d'abord, la femme ensuite, un coup de couteau dans le dos. Il se savait suffisamment habile et précis pour être sûr de frapper juste. Ces deux là ne se sentiraient même pas mourir. Ensuite, Sen Asoke arriverait avec le scooter et tous les deux s'enfuiraient par les petites rues de l'autre côté de la rue Ploemchit.

Le problème était que la femme, il venait de la voir distinctement, n'était pas celle de la photo. Devait-il la tuer quand même ? A priori non. Mais alors, il laisserait un témoin qui l'aurait vu de près... S'il la tuait, son commanditaire le lui reprocherait peut-être. Chongkolnee ignorait complètement les raisons pour lesquelles le couple de la photo devait disparaître.

Si cette femme ne mourait pas, le commanditaire serait peut-être furieux aussi mais dans ce cas, la solution était de demander de l'argent pour un nouveau contrat. Finalement, c'est ça qui décida Chongkolnee à ne tuer que l'homme : l'idée qu'il obtiendrait peut-être un supplément pour la femme, alors qu'il n'aurait évidemment rien du tout s'il la tuait sur son initiative.

Ceci décidé, restait à supprimer le Blanc sans être trop vu de sa compagne. Le coup de couteau prévu n'était plus la bonne solution car il laissait à la femme tout le temps de voir l'agresseur. Par contre, utiliser la courte barre de fer que Sen Asoke gardait en permanence fixée au scooter permettrait une fuite immédiate et ferait parfaitement l'affaire.

Chongkolnee rejoignit Asoke, prit la barre en main. Les deux hommes n'avaient pas besoin de longues explications pour se répartir les tâches. Là-bas, le couple approchait de la zone plus éclairée. Le trottoir était encombré par une charrette à bras, obligeant à marcher quelques mètres sur la chaussée. Le moteur du scooter fut lancé à fond. Chongkolnee commença à lever le bras.

Gribovitch avait rejoint Marie-Laure et marchait près d'elle, pour une fois silencieuse. Ils s'éloignaient de la maison de passe. Pour essayer de penser à autre chose qu'aux enfants salis, l'inspecteur se força à regarder une Ferrari Testarossa rouge, incongrue dans cette rue populaire et même dans une ville presque uniquement envahie de véhicules japonais. Le rétroviseur extérieur de gauche lui renvoya l'image d'un scooter qui fonçait, comme tous ses pareils à Bangkok et partout ailleurs. Il laissa passer Marie-Laure devant lui pour ne pas gêner la circulation et resta une fraction de seconde immobile, les yeux toujours fixés sur la voiture. Un détail attira alors son attention. Le bras du passager se levait tandis que la machine, au lieu de s'écarter comme elle aurait facilement pu le faire, serrait au contraire sur sa droite.

L'inspecteur plongea en avant, d'instinct, avant même que son cerveau n'eût réfléchi. Il entendit le fracas du verre brisé par le coup, se redressa pour voir la machine tourner dans l'avenue Rajdamri.

— Qu'est ce qui se passe ?

Marie-Laure s'était retournée.

— Rien. Des cons qui s'amusent à abîmer les belles bagnoles.

— La connerie est universelle. Une fois, à Paris, dans le quinzième...

Marie-Laure recommençait à raconter les événements de sa vie, un peu pour se changer les idées, surtout parce que sa nature était ainsi.

L'inspecteur n'avait pas eu le temps d'avoir peur mais se trouvait ahuri par la stupeur. Il lui fallut marcher mécaniquement à côté de Marie-Laure pendant un long moment avant de pouvoir reconnaître le fait qu'on avait voulu le tuer. Qui gênait-il ? Morand, évidemment, personne d'autre. Mais alors deux questions se posaient immédiatement. D'abord, comment Morand savait-il qu'on le cherchait ? Et, surtout, pourquoi voulait-il la peau de l'inspecteur ? Quand un truand envisage de tuer un policier, il sait qu'un autre viendra immédiatement, bien plus motivé.

Les réponses à ses questions s'imposèrent rapidement à Gribovitch. Morand savait qu'il avait été vu en quittant son hôtel et voulait se débarrasser du seul témoin pouvant le reconnaître. Et il ne pouvait savoir ceci qu'avec des complicités dans la police. Donc Sophie était en danger, elle aussi.

Marie-Laure expliquait que son assurance n'avait pas voulu payer les dégâts des vandales sur sa voiture. L'inspecteur fit un signe à un taxi, malgré la douceur et la beauté de la nuit il avait hâte de rentrer.

À l'hôtel, Marie-Laure décida de prendre un bain, disant qu'elle se sentait sale. Gribovitch en profita pour appeler Sophie. Le téléphone sonna longuement avant qu'elle décroche. Il expliqua ce qui était arrivé et à quelles conclusions il avait abouti. Ils se demandèrent s'ils étaient en danger. L'importance de l'hôtel, le nombre du personnel et le mouvement continuel leur parurent rassurants.

Sophie vint le rejoindre dans sa chambre. Ensemble ils appelèrent Griffon. À cause des sept heures du décalage horaire, le commissaire se trouvait encore à son bureau. Sa décision fut immédiate : les deux inspecteurs devaient repartir par le premier avion du lendemain. Il s'occuperait des réservations et aussi de demander pour eux une escorte jusqu'à l'aéroport.

Comme Sophie repartait, Marie-Laure sortait de la salle de bains, calmée et bien décidée à remplir sa promesse d'accorder à l'inspecteur la « pipe de sa vie » promise.

Elle tint à le dévêtir elle-même. Quand ce fut fait, il s'allongea sur le lit et elle commença par se coucher sur lui, rampant comme un serpent, dans un sens, puis dans l'autre. Gribovitch oublia vite la tentative d'assassinat et l'échec qu'elle signifiait probablement pour l'enquête et laissa son sexe gouverner son être. Marie-Laure n'était pas de ces filles qui se contentent de prendre la chose en main et de simplement sucer avec application jusqu'à conclusion. Elle commença par quelques coups de langue généreusement distribués depuis l'extrémité même jusqu'à beaucoup plus bas, s'interrompit pour offrir, accroupie, sa propre intimité à la bouche de l'inspecteur, frotta ensuite ses seins sur son visage puis sur le reste de son corps, finit par se trouver allongée tête-bêche sur Alex. Il écarta les chairs, enfonça un doigt, puis deux tandis qu'elle appliquait des coups de langue précis, plus bas. Plus tard, quand elle estima qu'Alex avait assez attendu, elle se servit à la fois de sa langue et de ses dents, avec lesquelles elle réussissait à aviver le point sensible sans faire mal. La conclusion fut alors immédiate et lui emplit la bouche. Elle attendit que la dernière goutte eut été émise avant de lâcher prise.

— C'était bien ?

— Il s'agissait effectivement de la pipe de ma vie, jura Gribovitch, presque sincère. C'est la première fois qu'une fille se sert de ses dents sur moi comme tu le fais, en m'excitant sans faire mal.

— Tu es gentil. Quand tu pourras recommencer... Mais tu peux *déjà*... Je voulais dire que j'aimerais bien que tu me sodomises. C'est mon côté fille soumise. Quand on me fait ça, j'éprouve un sentiment d'humiliation et d'infériorité qui me fait jouir autant que la sensation physique.

— Alors, mets-toi en position.

— Mouille-bien avec la langue, d'abord. Vu le diamètre de ta... chose, ça va être dur.

CHAPITRE X

Les inspecteurs furent réveillés à huit heures du matin par un coup de téléphone de l'ambassade de France. Ils avaient tous les deux une place réservée sur un avion qui partait pour Paris à dix heures et qui, grâce au décalage horaire, arriverait dans l'après-midi du même jour malgré une escale technique à Dubaï.

En attendant l'heure de partir, Sophie et Alex devaient rester dans le hall du *Shangri-la* où deux gardes du corps iraient les chercher pour les accompagner à l'aéroport.

Les inspecteurs furent escortés vers une BMW garée devant la porte de l'hôtel. Un troisième homme était au volant, et il démarra immédiatement. Il n'y eut aucun problème, sauf qu'une voiture, une Datsun avec deux hommes à bord, parut vouloir les suivre. Quand il furent sur l'expressway, la courte autoroute qui va de Bangkok à l'aéroport, la Datsun se rapprocha comme pour dépasser mais le conducteur de la BMW enfonça l'accélérateur et la Datsun fut laissée loin derrière.

Les gardes du corps, grâce à des passeports diplomatiques, obtinrent l'autorisation d'accompagner Alex et Sophie jusque dans la salle d'embarquement, en zone internationale.

Là, Gribovitch, qui n'avait pas de monnaie, emprunta quelques pièces à l'un d'eux et appela Rangsit. Il l'eut immédiatement.

— Je suis désolé, dit-il après les salutations. Mon chef a pensé que nous ne pouvions rien faire d'utile ici pour vous aider, ma collègue et moi. Il nous a donné ordre de repartir. Nous sommes à l'aéroport. Je ne voulais pas m'en aller sans vous remercier de votre aide.

— Ne me remerciez pas. Je n'ai encore rien fait de concret, malheureusement. Tout va bien ?

— Oui. Sauf que j'ai failli être renversé par un scooter, hier soir. Il a même heurté une voiture contre laquelle je me trouvais. Si je ne m'étais pas baissé, j'aurais certainement été blessé.

— Vous avez noté son numéro ? Je peux le faire chercher.

— Il n'avait pas de numéro. Ne perdez pas votre temps. Ce n'est pas important. Des fous à moto, il y en a dans tous les pays.

Il y eut un silence. Comme l'imaginait Gribovitch, Rangsit réfléchissait intensément pour déterminer si l'inspecteur français avait réellement pris la tentative de meurtre pour un accident. D'après Chongkolnee, l'inspecteur l'avait vu venir et plongé en avant pour éviter le coup de barre de fer destiné à lui fracturer le crâne. Mais Chongkolnee disait-il la vérité ou voulait-il dissimuler une simple maladresse ? Rangsit changea de sujet.

— Je viens de trouver un message de vous, ce matin. Vous avez donc vu votre Morand...

— Ce matin, seulement ? J'ai appelé votre bureau hier après-midi. On devait vous passer le message hier soir.

— Quelqu'un a dû oublier. Pour Morand...

— Il était descendu au *Jade Pavilion*. Nous y sommes allés et nous l'avons vu partir. Malheureusement, nous n'avions aucun pouvoir pour l'arrêter. J'ai une autre information pour vous. Il a loué une voiture Avis. Vous pourrez toujours l'arrêter quand il la rendra.

— Je vais demander où il a prévu de rendre la voiture et mettre un policier. En plus, je vais la faire rechercher par son numéro.

— Vous pouvez aussi surveiller les départs pour Paris et l'arrêter s'il se présente à l'aéroport.

— Je vais donner des ordres dans ce sens. Tout le possible sera fait. Vous pouvez être certain que si Morand se trouve encore en Thaïlande, il sera arrêté.

Sophie s'était approchée du téléphone et avait écouté la conversation.

— Tu joues au plus menteur avec ce cher Rangsit ? dit-elle quand son collègue eut raccroché.

— Exactement. Pour l'instant, je voudrais qu'il ne sache pas qu'on le soupçonne d'être complice de Morand et d'avoir voulu me faire tuer.

— Es-tu sûr qu'il l'est ? Si réellement il n'a pas reçu ton message avant ce matin, il ne peut l'être..

Un haut-parleur invita en français et en anglais les voyageurs à destination de Dubaï et Paris à emprunter la passerelle 6J pour embarquer et leur souhaita un agréable voyage. Les gardes du corps partirent et les inspecteurs entrèrent dans l'avion.

— Quel bilan fais-tu de ces deux jours ? demanda Sophie quand l'avion fut loin au-dessus d'une couche de nuage que le soleil rendait lumineuse, et que le petit déjeuner eut été servi.

— Le même que toi. Un désastre total. C'est vrai qu'on a des soupçons sur le chef de la brigade criminelle, mais trop faibles pour agir. Le pire, c'est que notre suspect sait maintenant que nous connaissons son faux nom. Tu peux être sûre qu'il va en changer et prendre toutes les précautions nécessaires pour qu'on ne puisse pas trouver le nouveau.

— Mais il ne sait pas comment on a trouvé le

faux nom de Morand. Heureusement, tu ne l'as pas dit à Rangsit.

— Il va réfléchir et devenir méfiant. Même s'il continue comme avant, en changeant simplement souvent de nom, il va nous falloir des mois pour identifier dans les fichiers d'ordinateurs, ces nouveaux noms. Combien de Thaïlandaises va-t-on encore trouver mortes dans la région parisienne ? Cette enquête m'avait paru presque trop facile. Maintenant, je ne vois aucune chance de réussir. Ni même aucun moyen de continuer à chercher.

Sophie partageait le pessimisme de son collègue. Elle préféra ne pas continuer la discussion et ils évitèrent de parler du sujet jusqu'à Paris.

En sortant de l'avion, et malgré une fatigue écrasante, ils prirent le RER puis le métro pour se rendre au bureau. Griffon s'y trouvait encore. Il écouta le compte rendu de l'action de ses inspecteurs à Bangkok et finit par soupirer :

— Le résultat de tout ça, je ne vous reproche rien, notez bien, est que nous avons reculé puisque nous ne savons rien de plus sur le suspect alors qu'il sait maintenant que nous avons son faux nom et qu'il va donc en changer.

Il réfléchit longuement avant de continuer.

— Maintenant, il n'y a plus qu'à suspendre

cette enquête et attendre que des éléments nouveaux viennent d'eux-mêmes. Malheureusement, ces éléments nouveaux, ce sera encore des cadavres. Et rien ne nous prouve qu'ils seront plus bavards que les précédents. Dommage... Mais on ne peut pas tout réussir. Reposez-vous cette nuit. Demain il y aura bien un nouveau sujet pour vous occuper.

— Patron, d'abord, j'aimerais conclure cette enquête et mettre la main sur ce Morand, dit Gribovitch.

Le visage de Griffon marqua la stupeur.

— Mais puisque vous n'avez aucun élément pour chercher ?

— Je vais trouver quand même. J'ai réfléchi, en venant. Supposez que vous soyez à sa place. Que feriez-vous ?

— Je rentrerais en France, bien sûr, mais pas en me faisait pas appeler Morand. En supposant que je n'aie pas le temps de me faire faire d'autres faux papiers, je rentrerais sous mon vrai nom, ce qui serait sans risque puisque la police ne le connaît pas.

— Directement ? Je veux dire : rentriez-vous par un avion qui atterrisse à Paris imaginant que des flics vous ont bien vus et peut-être distribué votre portrait-robot aux flics de la police des frontières ?

— Effectivement, admit Griffon, je crois que je préférerais atterrir dans un autre aéroport. Mais ceci ne simplifie pas le problème. Avant, Morand arrivait par Roissy. Maintenant, qui sait s'il va arriver par Londres, Francfort, Genève, Madrid...

— On ne sait pas, insista Gribovitch. Mais nous pouvons être certains qu'il va finir son voyage en voiture avec la fille qu'il amène. Pas en train.

— Probablement. Et alors ?

— Alors, il va louer une voiture en sortant de son avion.

— Il y a des centaines de gens qui louent des voitures tous les jours dans tous les aéroports.

— Mais pas beaucoup qui en louent pour aller de Madrid à Paris ou de Genève à Paris. Patron, je vous demande d'appeler Dallant pour qu'il sonde les ordinateurs des loueurs de voitures. Quand on en réserve une, on dit à quelle heure on va la prendre et où on va la rendre. Nous allons nous intéresser à toutes les voitures réservées pour l'heure d'arrivée d'un avion venant de Bangkok et devant être rendues à Paris.

Griffon émit un léger sifflement tandis que Gribovitch allumait une Gitane blonde.

— Vous ne négligez jamais le moindre début d'espoir de possibilité d'une piste... Mais quand notre homme va-t-il arriver de Bangkok ? Aujourd'hui, dans une semaine ?

— Moi je crois que c'est imminent. Dans le passé, il n'est jamais resté plus de trois jours là-bas. Il a certainement un complice qui lui trouve les filles. Quand il arrive, la fille est prête à être emmenée. Le complice est sûrement pressé d'être payé et Morand, appelons le ainsi, faute de mieux, doit être pressé d'en finir.

Griffon avait saisi son annuaire personnel. Il appela Dallant.

Une heure après, Dallant possédait la liste de tous les avions venant de Bangkok et ayant atterri à moins de mille kilomètres de Paris depuis le moment où Sophie et Alex avaient vu le faux Morand sortir de l'hôtel *Jade Pavilion*. Ensuite, il chercha chez tous les loueurs de voitures des aéroports correspondants les noms des personnes ayant demandé une voiture dans le but de la rendre à Paris et l'ayant prise dans les deux heures suivant l'atterrissage.

Il finit par trouver qu'un certain Mourier avait loué une Mercedes 190 chez Avis à Francfort le matin même à neuf heures en disant qu'il la rendrait à Paris. Gribovitch regarda sa montre.

— Ça fait déjà sept heures qu'il est parti... S'il conduit vite, il ne doit pas être loin.

Tout le personnel disponible de la Police des

Mœurs fut mobilisé pour téléphoner à toutes les agences Avis de la région parisienne et demander qu'on signale immédiatement le retour d'une Mercedes louée à Francfort. En même temps, les commissariats les plus proches des agences recevaient l'ordre d'y envoyer des policiers pour arrêter toute personne qui arriverait pour rendre la voiture cherchée.

Le résultat fut rapide. La voiture avait été rendue quelques minutes plus tôt à Roissy. Le locataire ne s'était pas présenté. Il avait, comme c'est l'usage quand on paye avec une carte de crédit, laissé les clés et le contrat dans la boîte aux lettres de l'agence.

— Surtout que personne ne touche à cette bagnole, décida Gribovitch.

Il donna des ordres pour cela puis appela Dallant.

— Il me faut tous les relevés d'empreintes, les cheveux, les poils, les mégots, tout ce que tu peux trouver dans la Mercedes.

Puis il se tourna vers Sophie en se frottant les mains.

— On avance. On a le nom du mec, le vrai. On a l'adresse du permis de conduire qu'il a montré à Francfort pour prendre la bagnole, on a son nom sur sa carte bleue et le numéro. Si avec ça, on ne le trouve pas, j'accepte ma mutation à la voirie.

L'ordinateur de la banque, à partir du numéro de la carte bleue, fournit le même nom et la même adresse que celle notée sur le contrat de location : 25, rue Robert-Wagner à Vélizy, dans les Yvelines.

Le minitel confirma qu'il y avait un Mourier à l'adresse de la carte bleue. L'ordinateur de la Préfecture de Police des Yvelines ajouta que Mourier possédait une voiture Peugeot 405.

L'ordinateur de France Télécom fut interrogé, lui aussi mais il ne put donner la réponse immédiatement. Il fallait attendre le lendemain pour connaître les numéros de téléphone appelés par Mourier au cours des derniers mois.

— Parfait, conclut l'inspecteur Gribovitch quand Sophie et lui eurent fini de rassembler tous ces éléments. Maintenant, direction Vélizy. Avec un peu de chance, il vient d'arriver chez lui avec la fille qu'il a ramenée et il se repose de ses heures d'avion et de son trajet en voiture.

— Les truands ont bien de la chance de pouvoir se reposer de temps en temps, eux, murmura Sophie.

— Moi, j'espère bien qu'on va lui donner quelques années de repos forcé, sans filles pour le fatiguer.

Les inspecteurs s'arrêtèrent au commissariat de Vélizy, où l'équipe habituelle des perquisitions en règle les attendait, les spécialistes de l'identité judiciaire et un serrurier.

— Le 25 de la rue Robert-Wagner est à trois cents mètres, dans la même rue que la nôtre, expliqua le commissaire. Nous allons quand même prendre la voiture de service. Si nous arrêtons votre homme, je préfère ne pas le ramener à pied, menottes aux mains.

L'immeuble où habitait Mourier était une longue barre de béton en arc de cercle.

— Dans le quartier, on l'appelle la banane, dit le serrurier.

Contrairement à l'espoir des inspecteurs, l'appartement fut trouvé vide. Il s'agissait d'un quatre pièces standard, d'un niveau à peine supérieur à une HLM, au quatrième étage, sans ascenseur. La circulation intense de la rue assurait un bruit de fond continuel dans les pièces donnant sur la façade. Les fenêtres, sur l'arrière avaient une vue imprenable sur un petit stade. Il s'y déroulait un match de football d'amateurs, éclairé par des projecteurs. Deux douzaines de spectateurs braillaient comme deux cents, peut-être pour se réchauffer.

L'inspecteur Gribovitch laissa le travail de routine à ses collègues des Yvelines. Il avait eu son attention attirée par un ordinateur connecté au téléphone par un modem. Il l'alluma et en explora la mémoire. Il remarqua immédiatement que l'utilisation principale était le réseau international « Internet ». Ce réseau permet à des millions d'ordinateurs de particuliers de se connecter par les fils du téléphone à des serveurs du monde entier (autres ordinateurs qui distribuent des textes et images de toute nature à qui les demande). Alex trouva rapidement l'historique des consultations, historique qui est automatiquement enregistré.

— Regarde, dit-il à Sophie. Il a consulté les serveurs d'Air France, de Asian Tours, qui a l'air d'être une agence de voyage spécialisée dans des destinations comme Bangkok, et aussi des serveurs qui distribuent des images pornos. Regarde ce dossier. Il contient 198 enregistrements d'images. Je sais que ce sont des images parce que leur nom se termine par « gif ». Combien tu paries que c'est tout du porno ?

En parlant, Gribovitch avait cliqué avec sa souris pour « ouvrir » la première image. Aussitôt, l'écran fut occupé par une photographie montrant deux filles nues en train de se caresser.

— Qu'en penses-tu ?

— De la photo ? Que, du point de vue artistique, elle est médiocre et que, du point de vue de l'enquête, elle ne doit pas nous aider beaucoup.

— Tu as raison, sur les deux points.

Alex fit disparaître l'image.

— On va saisir cet ordinateur.

— Et à part examiner avec la plus grande attention les 197 autres photos, tu en feras quoi ?

— Ne te moque pas de moi. Dans ce métier, si j'en étais encore à m'exciter sur du porno... Je vais lire avec soin toutes les réponses des serveurs comme Air France et autres. Je saurai à quoi Mourier s'est intéressé, quels horaires d'avion il a demandé, s'il a échangé des messages électroniques avec d'autres personnes dans le monde. Si c'est le cas, je lirai les messages qu'il a conservés...

— À propos de message, il n'y a pas de répondeur dans l'appartement. J'ai lu qu'on pouvait configurer un ordinateur en répondeur.

— Tu as bien lu. Je vais regarder tout de suite.

Sophie vit Alex faire défiler des listes de dossiers, chercher les « exécutables », programmes qui gèrent les actions et finir par en déclencher un.

— Tu avais raison, dit-il.

En même temps une voix s'élevait des deux haut-parleurs de l'ordinateur « Bonjour. Ici la baronne de... Enfin, disons Henriette. C'est toujours d'accord pour notre petite soirée au château. Elle aura lieu demain. On espère y voir votre petite dernière. À bientôt... Ah, j'oubliais. Je n'ai pas invité Henri. Je sais que tu es toujours en affaires avec lui, mais je ne lui pardonne pas l'incident que tu sais ».

Pendant que l'enregistrement était émis, une incrustation sur l'écran indiquait que le message avait été enregistré le matin même.

— Donc, conclut Gribovitch, la soirée en question aura lieu demain.

— J'avais trouvé toute seule, glissa Sophie. Pas d'autre message ?

Son collègue chercha et finit par conclure par la négative.

— Les autres messages ont été supprimés. Nous verrons si Dallant peut nous les reconstituer. Il est parfois possible de retrouver des enregistrements qui ont été effacés dans les ordinateurs. Bon. Voyons ce que les collègues ont trouvé.

Les inspecteurs de l'identité et ceux du commissariat de Vélizy avaient terminé. La perquisition n'avait pas donné grand-chose, si ce n'est un énorme stock de revues pornographiques telles qu'on en trouve dans les sex-shops, et qui n'avaient rien d'illégal, et une somme de cent soixante mille francs en billets de cinq cents. Les empreintes furent relevées dans le but d'être comparées à celles que Dallant ramènerait de la Mercedes 190 de Roissy, et aussi avec celles stockées dans les fichiers des personnes ayant eu affaire à la justice. Tous les papiers pouvant avoir un intérêt pour reconstituer la vie de Mourier, relevés de compte en banque, factures, lettres... furent rassemblés et leur liste soigneusement notée. Il n'y avait aucune lettre, carnet d'adresses ou autre papier personnel.

Gribovitch, donna des ordres pour que l'ordinateur et les documents soient transportés dans les laboratoires scientifiques de la police. Il demanda également que le commissariat de Vélizy laisse un inspecteur sur place en permanence pour interpeller toute personne qui entrerait dans l'appartement. Puis il s'adressa à Sophie :

— La dernière fois que j'ai dormi, c'était à Bangkok, il y a des siècles, enfin j'en ai l'impression. Tu continues si tu veux, moi j'arrête jusqu'à demain. Je te propose de déposer chez toi en passant, puisqu'on a qu'une seule voiture.

*

* *

Le lendemain, l'inspecteur Gribovitch était encore plus mal réveillé que d'habitude en arrivant au bureau, à neuf heures. Son premier café n'y fit rien et Sophie alla lui en chercher un second au distributeur. Il finit par se secouer.

— Voyons par quoi commencer...

— J'ai demandé à la préfecture des Yvelines de nous envoyer un exemplaire de la photo qu'il a donnée en se faisant faire sa carte d'identité, dit Sophie. On l'aura dans la matinée. De son côté, Dallant est déjà au travail sur l'ordinateur. Certaines des empreintes de la Mercedes de Roissy correspondent à celles de l'appartement de Vélizy.

— Ça confirme que Mourier est bien venu de Francfort avec cette voiture. Ce n'est pas une surprise.

— Dans la Mercedes, il y avait une autre série d'empreintes récentes qui sont certainement celles d'un passager.

— Ou d'une jeune passagère d'origine thaïlandaise...

— En tout cas, elles sont inconnues au fichier.

Gribovitch avait écouté Sophie, les coudes sur son bureau, à côté de la pile des dossiers sur les meurtres, dossiers qu'il n'avait toujours pas ouverts, et le menton sur les poings.

— Tu as fait tout ça ce matin, avant que j'arrive...

— J'ai surtout donné des ordres et posé des questions...

— Toujours modeste...

Il alluma une Gitane blonde.

— Moi ce qui m'intéresse le plus, pour l'instant, c'est les numéros de téléphone qu'il a pu appeler.

— Dallant...

Avant que Sophie n'eut fini sa phrase, une stagiaire apportait la liste que voulait Gribovitch. Sophie et lui s'en emparèrent. La liste était classée par numéros appelés. Pour chacun les dates et heures d'appel étaient notées, ainsi que la durée des communications. Pour chaque numéro, le nom et l'adresse étaient indiquée.

— On va d'abord éliminer les noms de restaurants, de coiffeurs, de banques, décida Gribovitch, comme ce Vélizy Coiffures. Tu me diras qu'un coiffeur peut aussi être un criminel, mais on s'y intéressera si on ne trouve rien d'autre. Par contre, il y a cet *Hôtel d'Alexandrie*, rue de Chartres dans le dix-huitième arrondissement, qui me plaît beaucoup. Vu l'adresse, ça ne peut pas être un établissement honnête. Et comme il a été appelé onze fois au cours des deux derniers mois...

Il décrocha son téléphone et fit le numéro. La sonnerie fut interminable. Il était sur le point de renoncer quand une voix aboya :

— Allô !

— Bonjour, Monsieur. Puis-je réserver une chambre avec salle de bains pour trois nuits à partir...

— Y a pas de salle de bains. Et on est complet en ce moment !

— Excusez-moi.

L'inspecteur se tourna vers Sophie avec un sourire carnassier.

— L'*Hôtel d'Alexandrie* ne court pas après les clients. Pas les clients ordinaires, en tout cas. Faut dire que dans la rue où il est, les clients normaux doivent être rares. On va voir ?

— Allons d'abord voir Griffon, dit Sophie.

Le patron de la section des Affaires Spéciales réagit immédiatement au nom de l'hôtel.

— On a quelque chose là dessus, dit-il.

Il demanda qu'on lui sorte le dossier. Celui-ci était épais. Le commissaire se plongea dedans. Un long moment plus tard, il redressa la tête.

— C'est exactement ce que je pensais. Cela fait des années qu'on a sait qu'il s'agit d'un bordel.

— Alors pourquoi ne pas faire une rafle et le fermer ?

— C'est précisément la question que je me pose depuis le début. Pour une vraie rafle, il faut des moyens qui ne peuvent être déclenchés que par un juge d'instruction. Et un juge d'instruction ne peut agir que si un procureur lui a confié l'affaire.

— On savait ça, râla l'inspecteur Gribovitch. La question est : pourquoi le procureur laisse-t-il faire ?

— Je ne sais pas. Peut-être une protection... En tout cas, cette fois, on a les billes pour agir. Avec vos numéros de téléphone, je peux décider une action immédiate d'envergure contre l'*Hôtel d'Alexandrie*. Je vais mettre ces gens-là devant le fait accompli. Vous deux, allez repérer le terrain pendant que j'organise tout.

Les inspecteurs Alex Gribovitch et Sophie Leclerc s'assirent dans un café en face de l'établissement. Ils étaient les seuls Blancs et les autres clients, tous des hommes, les dévisageaient avec plus ou moins de discrétion. Le ton des conversations avait nettement baissé à leur entrée. Ils avaient choisi une table qui leur permettait d'apercevoir l'hôtel entre les rideaux de la fenêtre. Le garçon, bien qu'inoccupé, mit un temps considérable à découvrir leur existence et à prendre leur commande. Il le fit avec raideur et une hostilité évidente. Gribovitch demanda deux thés à la menthe, ce qui parut l'étonner et le détendit un peu. Le breuvage fut servi très chaud, dans un verre décoré de filets rouges et verts et muni d'une poignée en métal.

L'hôtel était un modeste bâtiment ancien à la façade noirâtre, absolument lisse, coincé entre deux autres bâtiments aussi minables. Les fenêtres étaient trois par étage. Presque toutes étaient masquées par des volets gris sales, à la peinture écaillée. Au-dessus de la porte d'entrée, un panneau émaillé de bleu laissait lire, à travers de larges tâches de rouille « Gaz à tous les étages ». Le nom de l'hôtel ne se voyait que sur une modeste plaque de cuivre terni sur la porte.

— Un hôtel de passe à bon marché, avait murmuré Sophie immédiatement en le voyant. C'est bien ce que disait Griffon.

— C'est évident, avait confirmé Alex.

Toutes les quelques minutes, un homme entrait ou sortait, parfois d'un air naturel parfois après un coup d'œil méfiant autour de lui.

— Pourquoi crois-tu que Mourier téléphone à cet hôtel ? demanda Sophie. Pour prendre rendez-vous avec une fille ou pour leur proposer une nouvelle ?

— Pour venir baiser ici, il faut vraiment ne pas avoir les moyens de trouver mieux. J'imagine plutôt un trafic.

— Qu'est-ce qu'on fait ? On ne peut pas y aller à deux et j'imagine qu'y aller voir comme client ne te tente pas...

— Mon dévouement à la police des mœurs et à la répression du crime n'ira pas jusque là. Mais tu as raison. Il faut décider. On en a assez vu. Inutile que tout le quartier sache que deux Blancs qui pourraient être des flics rodent dans le coin.

Ils payèrent et sortirent. Dehors, Gribovitch s'éloigna vers une autre rue, prit son téléphone portable et appela Griffon. Les équipes appelées pour la rafle étaient presque prêtes. En attendant, les inspecteurs se séparèrent et promenèrent dans la rue dans le but de filer toute personne qui sortirait de l'hôtel et n'aurait pas l'air d'un simple consommateur. Ils n'en virent aucun.

Il leur fallut patienter une bonne heure avant de voir arriver les premières voitures banalisées de leurs collègues. Ceux-ci sortaient par deux ou trois et convergeaient vers l'hôtel d'une démarche de promeneur. Gribovitch s'approcha de l'un d'eux, qu'il connaissait.

— Et la sortie, par derrière ?

— On la connaît. On a une autre équipe, là-bas.

Ils furent brutalement six devant la porte. Quatre entrèrent, repoussèrent la personne qui tentait de leur barrer la route. Deux restèrent sur le trottoir pour empêcher les fuites par les fenêtres du premier étage qui n'avaient pas de barreaux.

Gribovitch et Sophie entrèrent aussi. Les marches retentissaient de piétinements, d'exclamations de colère des clients dérangés. Des femmes s'appelaient, pleuraient. Dans les étages élevés un homme hurlait « Les cognes ! Les cognes ! » d'une voix de dément. Un policier, au second, cria « Si tu fais ça, je tire ».

Dehors, une sirène de police approcha et se tut. Un autre suivit, et encore une troisième dans une rue sur l'arrière. Gribovitch fut soudain en face de Griffon.

— J'ai mis les grands moyens, dit celui-ci. Le risque, dans ces quartiers, si on n'est pas assez nombreux, est de se faire attaquer. Si vous avez réellement trouvé un suspect, je ne veux pas que la foule nous force à le libérer.

L'inspecteur ne pouvait qu'approuver.

Les premiers clients descendaient. Ils furent bousculés par un inspecteur qui arrivait en courant du dernier étage. Il y avait trouvé une porte percée dans le mur de séparation avec un immeuble voisin et supposait que une ou plusieurs personnes l'avaient utilisée pour s'enfuir. Trois policiers se précipitèrent vers l'immeuble, mais arrivèrent trop tard.

Les clients étaient envoyés dans la minuscule cour, derrière l'immeuble, où ils devaient décliner leur identité et indiquer ce qu'ils étaient venus faire. « Baiser » ou équivalent était la réponse. Après vérification, ils étaient relâchés. Griffon décida même de ne pas retenir les clandestins.

Quand les clients furent partis, ne restèrent que

sept filles, trois Noires, deux Blanches et deux Asiatiques.

— Je suis déçu, soupira le commissaire Griffon. J'espérais mieux.

— Moi aussi, râla Gribovitch. On n'a toujours pas Mourier. Espérons que les filles vont parler.

Les prostituées furent emmenées dans un « panier à salade ». Alex et Sophie laissèrent des collègues se livrer à la perquisition de l'immeuble et suivirent, impatients d'interroger les filles, les deux Asiatiques, surtout. En sortant, Gribovitch vit que la rue était bloquée à ses deux extrémités par une trentaine de CRS. À distance prudente, une foule hostile les dévisageait. Il n'y eut pourtant pas d'incident, même au moment où le panier à salade et la voiture des inspecteurs quittèrent la zone protégée pour traverser la foule.

Rue de Lutèce, les filles furent séparées. Griffon fit appel à tous ses effectifs disponibles pour qu'elles soient toutes interrogées simultanément. En même temps, il donnait des ordres pour qu'on trouve le propriétaire de l'hôtel et qu'on l'interpelle.

Gribovitch et Sophie se réservèrent les deux Asiatiques et commencèrent par celle qui avait l'air le plus abattu. Le problème fut qu'elle ne parlait pas le français. Ils essayèrent l'anglais sans plus de résultat. La fille, tout en ne comprenant rien de ce qu'on lui disait, donnait l'impression de réaliser la situation et de vouloir parler. Gribovitch demandèrent qu'on leur trouve un interprète thaïlandais-français et essayèrent d'interroger l'autre. Celle-ci parlait assez bien l'anglais pour être comprise.

— Votre nom, commença Sophie dans la langue de Shakespeare.

— Sarya Adulydej.

— Depuis quand êtes-vous en France ?

— Un mois.

La voix était monocorde. Elle semblait parfaitement indifférente.

— Elle est droguée jusqu'aux yeux, remarqua Sophie.

— Pourquoi êtes vous venue en France ? ajouta-t-elle.

— Mes parents m'ont vendue.

— Vendue à un homme qui vous a fait venir ici ?

— D'abord, j'ai été vendue à un bordel de Bangkok. J'y suis restée cinq ans. C'est eux qui m'ont donnée à cet homme qui m'a emmenée ici.

Elle n'avait pas prononcé le chiffre cinq mais pris ses doigts un à un et avait montré sa main ouverte aux inspecteurs.

— Vous étiez dans cet hôtel depuis votre arrivée en France ?

— Oui. Je ne sors pas. Au moins, dans mon pays, je pouvais me promener pendant la journée.

Le visage de Sophie se tourna vers son collègue. Malgré l'habitude qu'elle avait, par force, acquise de la souffrance des victimes qu'elle aidait à défendre, elle était bouleversée. Lui-même pensait à ces semaines passées, prisonnière dans une chambre sordide à subir tous les jours les violences d'innombrables clients et avait envie de tuer ceux qui étaient responsables de ces crimes.

— Vous n'êtes vraiment jamais sortie ?

La voix de Sophie était émue.

— Deux fois, au début, pour aller dans une grande maison avec beaucoup de gens tout nus qui buvaient et couchaient ensemble.

— Des partouzes, dit Sophie à Gribovitch.

— J'avais compris, grogna ce dernier. Grande comment, la maison ? ajouta-t-il pour la fille.

— Très, très grande. Dans un parc. Avec des domestiques qui ouvrent les portes.

— Combien de fenêtres ?

De nouveau, la fille fit appel à ses doigts pour produire un nombre, n'y arriva pas et présenta ses deux mains ouvertes en précisant :

— Encore plus que ça.

L'inspecteur hocha la tête et rêva un instant.

— Un château dans la région parisienne... Voilà un élément intéressant, dit Sophie.

— L'autre fille, qui était à côté de vous quand on vous a amenée ici, reprit Alex, c'est une Thaïlandaise ?

— Oui.

— Elle vient aussi d'un bordel ?

— Non. Elle a été achetée à ses parents. Elle est arrivée il y a une semaine. Elle dit qu'elle venait pour faire du cinéma. Elle a tellement crié qu'ils lui ont donné des piqûres. Après, elle ne disait plus rien. Bientôt, elle ne criera plus, même sans piqûres. Comme moi.

— Combien de Thaïlandaises étiez-vous ?

— Nous deux et encore une autre. Quand vous êtes arrivés, un homme l'a entraînée pour la faire monter dans l'escalier. Il voulait m'emmener aussi mais j'ai résisté et il m'a laissée.

Ils furent interrompus par un motard de la préfecture des Yvelines qui apportait la photo de Mourier, photo remise lors d'une demande de carte d'identité, deux ans plus tôt. Sophie la montra à Sarya.

— Vous reconnaissez cet homme ?

— C'est lui qui m'a fait venir de Bangkok. S'il vous plaît, je veux retourner là-bas. Je ne suis plus un enfant mais je suis encore assez belle pour gagner de l'argent pendant quelques années.

En demandant qu'on la renvoie se prostituer dans son pays, son visage s'était animé et avait quitté cette indifférence morne qu'elle montrait depuis le début.

— Elle ne doit pas s'imaginer d'autre destin ni possibilité de gagner sa vie que par la prostitution, soupira Sophie. Le plus horrible, c'est qu'elle a certainement raison. Elle ne sait pas lire, et rien faire d'autre que de coucher et de parler quelques mots d'anglais.

Gribovitch préféra ne pas répondre. Sans savoir pourquoi, il se sentait vaguement coupable.

— On va la faire transférer en vitesse à l'hôpital. Le plus urgent est un traitement de désintoxication. J'ai l'impression que sa dernière dose de drogue va bientôt cesser de faire effet.

L'autre Thaïlandaise, dans le bureau voisin, venait de démarrer une violente crise de nerfs. Ses cris s'entendaient dans tout l'étage. Sophie et Alex se précipitèrent. Elle se roulait par terre avec des gestes incontrôlés. Entre deux cris, ses dents grinçaient et ses yeux tournaient.

— Pas question de l'interroger aujourd'hui, dit Sophie.

Un collègue avait déjà demandé une ambulance. Les Thaïlandaises furent transportées à l'hôpital.

Les deux inspecteurs revinrent à leur bureau. L'interrogatoire de Sarya Adulydej les avait éprouvés. Ils s'obligèrent à rédiger le rapport en attendant que les résultats des autres filles leur soient remis.

Pour celles-ci, le « séjour » dans l'*Hôtel d'Alexandrie* était volontaire. Toutes les cinq était d'anciennes prostituées que le délabrement de leur corps obligeait à baisser les prix et donc à augmenter le nombre des passes. Griffon décida de les relâcher après avoir vérifié qu'elles avaient un domicile où elles vivaient, juraient-elles, seules et libres.

Quand un certain calme fut rétabli à l'étage du bureau de Sophie et Gribovitch, celui-ci soupira :

— Nous n'avançons pas très vite. Tout ce que nous avons, c'est la confirmation de ce que nous savions déjà, c'est-à-dire que c'est le dénommé Mourier qui fait venir les filles de Bangkok.

— Et qu'elles sont droguées au point de finir par en mourir, à moins qu'on les tue quand elles ne peuvent plus être utiles, approuva Sophie. Dommage que le propriétaire ou le gérant de l'immeuble ait pu s'enfuir. D'autant plus qu'il en a encore une avec lui.

— Et qu'elle ne va probablement pas vivre bien longtemps, celle-là... Examinons toujours le résultat de la perquisition.

Celui-ci était extraordinairement mince. Il se limitait à un kilo de cannabis et deux cents grammes d'héroïne.

— C'est effarant s'exclama Sophie. Aucun document, pas le moindre registre des chambres, pas la moindre comptabilité...

Le propriétaire fut introduit dans leur bureau. Les collègues l'avaient arrêté chez lui. Il s'agissait d'un homme effacé, d'à peine un mètre soixante, de plus de soixante-dix ans, aux cheveux blancs et rares. Son nom était Daniel Boivin.

— Donc, vous êtes le propriétaire de l'*Hôtel d'Alexandrie*, attaqua Gribovitch tandis que Sophie sortait du bureau.

— Oui. Mais je ne l'exploite plus. Je suis trop vieux.

— De quoi vivez-vous, alors ? Vous avez une retraite ?

— Euh... je n'ai pas cotisé assez d'années pour en avoir une. J'ai des économies.

— Vous n'avez pas travaillé assez pour cotiser, mais vous avez quand même des économies. Vous êtes plus intelligent que moi, sans doute. Dans quelle banque ?

— Je n'ai pas de banque.

Sophie revint avec un dossier.

— J'ai tout sur notre ami Daniel Boivin.

Écoute. École arrêtée à quatorze ans. Première condamnation pour vol à l'âge de dix-huit. Dernière, la plus récente, condamnation à cinq ans pour cambriolage et un nombre considérable de séjours en taule entre-temps. Au total, dix-neuf ans, si je calcule bien, derrière les barreaux. Depuis, M. Boivin vit dans un studio en location de quatre mille cinq cents francs par mois rue de Provence.

— Quand avez-vous acheté cet hôtel ? À quel prix ? Nous avons les moyens de vérifier.

— Il y a deux ans. Pour sept millions. Mais je me suis fait avoir, je vous jure. J'ai vite réalisé que le quartier n'était pas bon et que je ne rentrerais jamais dans mon argent. Alors j'ai laissé tomber et je n'y ai jamais plus remis les pieds. Ce qui se passe dedans, je n'en sais absolument rien.

— Où avez-vous trouvé cet argent ?

— Comme ça... Des économies.

— Comment avez-vous payé ?

— En liquide.

— Ecoutez. Nous cherchons des assassins, pas un proxénète. Si vous ne nous aidez pas, vous couchez en prison ce soir avec une mise en examen pour proxénétisme aggravé.

— Mais je vous jure que je n'y suis pour rien...

Gribovitch hocha la tête.

— Entre nous, je vous crois. Vous n'êtes qu'un

homme de paille, pas le véritable propriétaire. Dites-moi son nom et vous n'allez pas en prison.

Pour toute réponse Daniel Boivin gémit comme s'il allait pleurer.

Plus tard, comme il refusait toujours de parler, les inspecteurs Leclerc et Gribovitch le firent présenter au juge d'instruction.

— Nous voici de nouveau devant un mur, soupira Sophie quand il fut sorti. Dans cette affaire, tous les débuts de piste que nous trouvons s'arrêtent immédiatement. Combien crois-tu qu'il y ait de châteaux dans la région parisienne ?

— J'étais précisément en train de me poser la question.

CHAPITRE XI

Damien Mourier avait appelé Henri Granier depuis sa Mercedes 190 de location peu après être parti de l'aéroport de Francfort. Certes, il avait fait ce qu'il fallait pour que Lad Prao ne lui pose aucun problème, elle n'avait d'ailleurs aucune raison de se révolter pour l'instant, mais il se méfiait de l'arrivée à Roissy et du changement de voiture. Il n'avait pas indiqué à Granier les raisons de son retour précipité et de son passage par Francfort et avait inventé une annulation de vol que l'autre n'avait aucune raison de mettre en doute.

À Roissy, il s'était dépêché de jeter les clés et le contrat de la Mercedes dans la grande boîte aux lettres prévue pour cela et avait aidé Henri à enfermer la fille dans la camionnette.

Il n'était pas question de se présenter à l'*Hôtel d'Alexandrie* en avance sur la date prévue. L'acheteur final ne s'y trouverait pas et, probablement, n'avait pas encore rassemblé la somme pour payer. En plus, la prochaine partouze au château n'était prévue que le lendemain. Tout ceci ne posait pas de problème aux deux hommes. Henri possédait par héritage une petite maison à Saint-Chéron, dans l'Essonne, à l'écart de la ville. Elle était bien trop minuscule pour que son prix de vente soit intéressant. Elle avait par contre un atout précieux, une cave profonde et munie d'une porte solide. C'est là que les filles attendaient quand la livraison n'était pas immédiate.

Lad Prao s'était vivement débattue quand ils l'avaient déshabillée dans la camionnette pour jeter ses affaires de Thaïlande. Une piqûre l'avait assommée. Elle tenait à peine debout quand ils arrêtèrent le véhicule devant la maison. L'escalier en pierre menant à la cave était trop étroit pour deux personnes aussi Henri souleva-t-il Lad Prao dans ses bras et la descendit.

La cave était un carré de quatre mètres de côté, avec des murs en parpaings, un sol de terre battue et un plafond en béton. La seule issue était la porte, un panneau lisse de chêne massif. L'éclairage était assuré par une lampe suspendue. Le confort se limitait à un matelas sur le sol, deux couvertures et un pot de chambre malodorant. L'air était humide et l'odeur aigre. Un demi-pain était posé directement sur le sol à côté d'une bouteille d'eau minérale vide.

— Qu'est-ce que c'est, ça ? s'écria Henri.

— Merde ! s'exclama Mourier qui regardait par-dessus l'épaule de l'avocat.

Ce qui provoquait leur stupeur était une autre jeune Asiatique enroulée dans les couvertures et qui les regardait avec terreur.

— Je la reconnais, finit par dire Granier. Elle vient de l'hôtel de la rue de Chartres.

— J'avais compris, moi aussi. Mais comment est-elle venue ?

— Pas toute seule. Attends.

En même temps, il posa Lad Prao sur le sol. Le contact froid de ses pieds nus sur la terre battue l'éveilla à demi. Elle eut juste un haut-le-corps puis se laissa glisser sur le matelas à côté de l'autre fille, et s'endormit.

Il sortit son téléphone portable et fit un numéro.

— Tu appelles Châtelain ?

— Bien sûr. Pas le pape.

L'avocat écouta longuement son interlocuteur, prononçant de temps à autre une phrase laconique. Quand il raccrocha, il était pâle.

— Les flics ont fait une descente rue de Chartres. Châtelain a pu se barrer à temps. Il a emmené celle-là. En attendant de l'installer ailleurs, il demande qu'on la garde.

Mourier se raidit.

— Il est malade ! On ne peut pas les garder ici

plus d'un jour ou deux. Si on ne trouve rien d'autre, faudra s'en débarrasser. Rapidement.

— Dans l'immédiat, on va les laisser ici ensemble, décida l'avocat. À deux, elles auront moins froid. On prendra une décision plus tard. Ça me ferait de la peine de les faire tuer avant d'avoir pu rentrer dans nos frais. De toute façon, ce sera à Châtelain de nous en débarrasser. Dans nos accords, c'est parfaitement clair.

— Je me demande ce que ça fait de tuer, murmura Mourier. Parfois...

Il eut un long frisson, puis se reprit en continua.

— Ses parents m'ont dit que la nouvelle est vierge. On va vérifier.

Il la mirent sur le dos et Henri lui leva les jambes tandis que Mourier se penchait. Il ouvrit la fente, tata du doigt.

— En plus, c'est vrai ! Je n'aurais jamais cru ça possible !

— Laisse-moi voir.

Les deux hommes échangèrent leurs positions. Henri Granier tremblait comme un malade. Il finit par se lever d'un bond, la main déjà à sa braguette.

— C'est la première fois de ma vie que j'ai l'occasion de faire sauter un pucelage ! J'y vais tout de suite.

— Tu es fou. Pense au pognon qu'on va leur

demander. Au château, il y a un mec qui m'a dit être prêt à claquer dix mille balles pour une vierge, une vraie. Si tu veux baiser, tape-toi l'autre.

Entendre parler d'argent, rappela brutalement à Henri Granier qu'il venait de perdre ses ressources avouables à cause de la fuite de sa femme. Il éprouva un peu la souffrance qu'on ressent en mordant avec une dent malade qu'on avait oubliée. Son début d'érection retomba.

— Moi je te dis qu'on doit en tirer vingt mille balles, en tout, de cette fille, continua Mourier. On fera payer aussi le premier qui l'enculera ou qui lui mettra dans la bouche... On va bien organiser tout ça. Finalement, c'est une chance qu'on n'ait pas pu la livrer immédiatement à l'*Hôtel d'Alexandrie*.

— Demain, je leur porterai à manger, conclut Granier. Il est inutile de trop les abîmer pour l'instant.

Ils durent retourner à Roissy pour que Mourier récupère enfin la Peugeot 405 qu'il y avait laissée en partant trois jours plus tôt pour Bangkok. En arrivant à Vélizy, il gara sa voiture sur le parking qui se trouve au milieu de l'avenue Robert-Wagner, juste devant chez lui et descendit. En marchant, il jeta un coup d'œil machinal aux fenêtres de son appartement et s'arrêta net. Elles étaient toutes éclairées. Une silhouette passa derrière le rideau de la cuisine. Mourier recula, comme par un coup de poing regardant autour de lui. Il reconnut immédiatement l'une des voitures banalisées du commissariat de police, juste à côté de la sienne. Il la voyait souvent, en passant. Donc la police avait trouvé son vrai nom et perquisitionnait chez lui...

Il eut l'impression qu'une onde glacée descendait dans son dos et se mit à trembler. Il remonta comme un automate dans sa 405, démarra sans presque rien voir, conduisit encore trois cents mètres en direction de Chaville et s'arrêta sur une place libre. Il devait reprendre ses esprits. À continuer ainsi, il risquait l'accident.

Ce qu'il craignait depuis des années, sans y croire vraiment, tant les précautions prises lui paraissaient parfaites, venait donc d'arriver... Il avait un goût de fer dans la bouche. Il descendit et traversa la rue vers un café, entra et s'effondra à une table. Le garçon lui jeta un coup d'œil intrigué quand il passa sa commande. Sa voix était cassée.

Le premier whisky le calma. Le second lui rendit la capacité de réfléchir. Au moins n'était-il pas entre les mains des flics. Si cela arrivait, il en avait pour des années avant de se retrouver libre.

« Tu avais prévu ce genre de situation » raisonna-t-il. « Ton plan est tout prêt. Il n'y a plus qu'à l'appliquer ».

Le plan était de quitter la France, de récupérer rapidement l'or qu'il avait dans un coffre de banque au Luxembourg puis de prendre le premier avion pour la Thaïlande. Avec les quelque cinq millions qu'il possédait, il pourrait vivre longtemps sans problèmes dans ce pays. Il ne pourrait évidemment plus gagner d'argent à amener des Thaïlandaises en France. Il perdrait également le revenu du réseau de prostitution et d'organisation de partouzes mondaines. Par contre, sous la protection de son ami Rangsit, il s'occuperait de trouver les filles, de les acheter et de les revendre à un autre passeur, que Henri Granier arriverait bien à trouver.

Mourier se demanda quand il devait partir. Le fait que l'avocat n'ait pas été inquiété montrait que la police était encore loin de tout savoir. Lui-même sortait d'un épuisant voyage de nuit en avion et d'un non moins épuisant trajet en voiture. Il se sentait incapable de prendre la route.

En plus, avec les papiers d'identité qui lui restaient, les vrais, il était à la merci du moindre contrôle. Par ailleurs, il avait besoin d'un nouveau passeport pour quitter l'Europe et il était trop tard pour s'en occuper ce soir-là. Pour passer la nuit, le plus simple était d'aller à Saint-Chéron. Les hôtels étaient trop dangereux pour lui, qui n'avait que ses vrais documents d'identité. Il n'avait pas la clé de la maison d'Henri Granier mais se sentait capable d'entrer quand même. Dès le lendemain, il se ferait faire un nouveau passeport.

À ce niveau de ses réflexions, il se raidit. Il n'avait plus sur lui que six cents francs. Tout son argent liquide se trouvait maintenant aux mains des flics et le peu qu'il pouvait retirer à sa banque, à supposer que le compte n'ait pas encore été bloqué, ne suffirait pas, loin de là, pour payer le nouveau passeport. En demander à Henri ? Celui-ci accepterait peut-être mais Mourier répugnait à se mettre à sa merci. Une autre solution, bien meilleure était d'organiser la vente de Lad Prao, le lendemain, et d'empocher sa part.

Mourier paya ses verres, sortit et traversa la rue d'un pas ferme. Il ne put s'empêcher de regarder une dernière fois son immeuble avant de monter dans sa voiture. Quand il serait à Saint-Chéron, il profiterait de Lad Prao. Il lui laisserait son pucelage, si précieux, mais profiterait des autres voies possibles.

CHAPITRE XII

Le commissaire Griffon était entré dans le bureau des inspecteurs et s'était assis sur le siège habituel des suspects interrogés. Il avait demandé un point de la situation.

— Comment allez-vous trouver le château dont votre Asiatique a parlé ? demanda-t-il. Je ne sais pas combien il peut y en avoir dans la région parisienne, mais il paraît difficile de l'emmener partout. Avec le risque d'oublier le bon.

— On va d'abord lui montrer les photos de tous les châteaux possibles. En espérant qu'elle va pouvoir en éliminer la plupart. On ira visiter uniquement celui qu'elle aura désigné ou, sinon, ceux pour qui elle a un doute.

— Très bien. Mais où allez-vous les trouver, ces photos de tous vos châteaux ? Ils ne doivent pas être tous dans un même livre d'art ou d'histoire.

Parfois, l'inspecteur Gribovitch trouvait son patron naïf et se demandait s'il avait perdu son flair de policier en devenant commissaire ou si on l'avait promu commissaire pour qu'il ne fasse plus d'enquêtes. Une fois, il avait posé la question à Sophie. Celle-ci avait répondu « Personne ne peut être aussi bon que toi. Il est normal que le commissaire te paraisse lourd ». Gribovitch s'était alors demandé si elle se moquait de lui ou parlait sérieusement. Il avait choisi la deuxième interprétation.

Il se tourna vers Sophie.

— Dis-lui, toi à M. le commissaire.

Sophie laissait en général son collègue se mettre en valeur, chose qu'il faisait fort bien, et n'éprouvait pas le besoin de rivaliser pour montrer ses capacités. Elle avait adopté une attitude d'écoute. La question la prit par surprise. Où pouvait-on trouver ces photos ? Il fallait que ce soit des photos assez bonnes, prises de face... Elle pensa à la Bibliothèque nationale. Il devait forcément s'y trouver un ou plusieurs livres de compilation. Mais si son collègue avait posé la question, c'est qu'il attendait une réponse plus subtile. Cela lui vint comme un éclair.

— Où peut-on aujourd'hui trouver toutes les informations possibles sur tous les sujets et dans le monde entier ? Sur Internet.

Le commissaire était un homme ouvert et moderne, mais l'utilisation et les possibilités de l'Internet lui étaient encore peu familières. Il fronça les sourcils.

— Vous allez connecter votre ordinateur sur une ligne téléphonique et taper au clavier « envoie-moi les photos des châteaux de la région parisienne ? »

— C'est presque ça dit, Gribovitch. Je vais d'abord faire le numéro de téléphone d'un point d'entrée, celui de Compuserve par exemple. Ensuite, je vais taper « photos châteaux région parisienne ». Compuserve va alors chercher dans ses mémoires la liste de tous les serveurs du monde qui offrent ces photos. Ça m'étonnerait de ne rien trouver.

— Tu as une autre méthode, suggéra Sophie. J'ai vu une publicité pour un serveur qui s'appelle Mediasys, je crois, et qui propose des reproductions de cartes postales anciennes de toutes les villes et villages de France. Et comme les châteaux sont ce que l'on choisit en premier pour figurer sur une carte postale, et qu'ils se modifient lentement...

— Ça n'est pas con, admit Alex à regret. On va faire les deux. On imprimera au fur et à mesure ce qu'on trouvera. Quand on en aura un bon paquet, on ira les montrer à la fille à l'hôpital. Patron, tout ça va prendre du temps. Ce serait bien si vous pouviez mobiliser du monde et des ordinateurs.

— Aucun problème. Je m'en occupe tout de suite.

Griffon rassembla quatre inspecteurs capables de manipuler efficacement un ordinateur. Gribovitch et Sophie avaient aussi chacun le sien. Ils s'étaient partagé la région parisienne en zones géographiques. Chaque fois qu'ils avaient terminé avec une ville ou un village, ils rayaient son nom sur la carte. Quand ils trouvaient une image pouvant être intéressante, ils déclenchaient l'imprimante commune, la seule du service qui avait une qualité suffisante pour restituer des photos sans trop les dégrader.

S'il est vrai qu'Internet est puissant et qu'on peut tout y trouver, du meilleur au pire, la lenteur de réponse et, surtout, de transmission des images, est souvent désespérante. Il fallut à l'équipe une demi-journée pour terminer sa tâche.

— Je n'imaginais pas qu'il y aurait tant de châteaux que ça, dit Sophie devant l'épaisse liasse de photos imprimées.

— Moi non plus, reconnut Alex. Il faut absolument faire un tri. Par exemple, je crois qu'on peut enlever le château de Versailles et tous ceux qui servent de mairie...

Quand le tri fut fini, il restait encore une cinquantaine d'images.

— Il ne reste plus qu'à essayer. En espérant qu'une petite prostituée thaïlandaise peut avoir une bonne mémoire visuelle.

*
* *

Sarya Adulydej avait été conduite à l'hôpital de la Salpêtrière, dans le service réservé aux personnes sous surveillance « particulière ». Quand les inspecteurs arrivèrent dans sa chambre, après avoir s'être identifiés auprès d'un policier de garde, elle était attachée à son lit par de larges bandes en caoutchouc.

— Elle vient de nous faire une crise terrible, dit l'infirmière, qui avait suivi et s'occupait à détacher la malade. Maintenant elle est calme. La cure va être épouvantable pour elle. Je vous la laisse trente minutes, pas plus.

Sarya était épuisée et ses connaissances déjà faibles d'anglais avait encore diminué. Mais quand elle comprit ce qu'on attendait d'elle et, surtout, que la police cherchait les responsables de son état, elle réagit et indiqua qu'elle était prête à faire de son mieux.

Sophie remonta son oreiller et l'aida à se placer en position demi-assise. Elle fit ensuite défiler sous ses yeux, une à une, les photos recueillies. À chacune, la fille répondait non d'un imperceptible mouvement de tête. L'inspecteur Gribovitch rongeait son frein. Il lui semblait qu'une éternité s'écoulait. En même temps, il s'obligeait à reconnaître que la douceur de Sophie était la seule méthode possible et que plus d'impatience n'aurait donné que de mauvais résultats.

Il avait déjà presque perdu l'espoir quand il vit Sarya se raidir devant une énième photo. Elle prononça un *Here* ferme et sans hésiter.

Son visage était blanc et couvert de transpiration. Il paraissait impossible de lui en demander davantage.

— *Thank you*, murmura Sophie.

Elle ne voulut pas quitter la chambre sans avoir aidé Sarya à s'allonger confortablement de nouveau.

Les deux inspecteurs attendirent d'arriver dans la salle d'attente de l'hôpital et de s'y être assis pour examiner le document. Il s'agissait de la reproduction d'une carte postale de 1924 représentant une très grande maison bourgeoise dite « château de Boismoreau » à Sénart, dans le sud-est parisien.

— Je me verrais bien vivre là dedans, dit Sophie.

Gribovitch finissait d'allumer une Gitane blonde.

— Tu y serais mieux que les pervers qui l'habitent aujourd'hui, bien que le décor ait dû changer depuis 1924.

Le bâtiment, en un corps unique, était entouré d'un vaste parc. Sur la gauche une calèche avec quatre chevaux avait dû être placée là pour le temps de la photo. Une dame en robe longue, ombrelle à la main achevait de donner l'image d'une vie paisible et heureuse.

— On y va tout de suite ? proposa Alex.

— Je te rappelle que nous n'avons pas déjeuné à midi, à part cet ignoble sandwich caoutchouteux.

— Il est l'heure de dîner. S'ils savent vivre, ils nous inviteront.

— Tu as vu des pervers savoir vivre ? Ils savent tuer, oui. Enfin, allons-y...

Ils informèrent le commissaire Griffon de leur programme pour la soirée. Leur patron décida de rassembler une équipe d'intervention au commissariat de Sénart, équipe capable de boucler le château et d'arrêter tous ses occupants en dix minutes après appel téléphonique. Il en profita pour rappeler la loi à son inspecteur

— Nous n'avons pas le droit d'entrer et encore moins de perquisitionner après dix heures du soir chez qui que ce soit, sauf en cas de flagrant délit ou de menace immédiate sur la vie de quelqu'un. Et comme vous n'arriverez pas avant dix heures...

— Je sais tout ça parfaitement, patron, protesta l'inspecteur avec une bonne foi outragée.

— Que vous le sachiez, je n'en doute pas. Que vous le respectiez toujours, j'en suis moins sûr.

*

* *

Le château de Boismoreau n'avait pas encore été complètement mangé par la ville. Son parc s'était considérablement réduit depuis l'édition de la carte postale et une photo prise ce jour là aurait montré, sur la colline en fond, des tours de HLM au lieu de la forêt. Mais il restait quand même suffisamment de terrain devant le bâtiment pour que les arbres le masquent de la route.

Un portail en fer forgé, ouvert, donnait sur une allée gravillonnée, sinueuse.

— On y va ? proposa Gribovitch. Ce n'est pas une perquisition, puisque le portail est ouvert.

L'allée contournait un bouquet de cyprès et aboutissait à une zone servant de parking. Là, une douzaine de voitures de luxe étaient garées, à côté de quoi la Renault Mégane de service de la police les mœurs avait l'air bas de gamme. La façade et le parking étaient violemment éclairés par des projecteurs

— J'ai l'impression, continua l'inspecteur, même plus que l'impression, qu'une soirée se déroule à l'intérieur. On va s'inviter. On ne risque

que de se faire prendre pour des pique-assiette et être renvoyés.

— Et si ta soirée est une partouze ?

— On s'adaptera. Au pire, tu joueras celle qui se dégonfle et on repartira.

Sophie et Alex gravirent les quelques marches qui conduisaient vers l'imposante porte d'entrée. Celle-ci fut ouverte par un valet en tenue qui s'effaça pour les laisser entrer sans un mot. Dans le hall, ils croisèrent une grande femme blonde qui arrivait par la porte opposée. Elle était vêtue d'une paire de bas noirs, de ceux qui tiennent sans porte-jarretelles. Elle leur adressa un sourire incertain.

— Bonjour Monsieur...

— Grimaud. Ma femme s'appelle Sophie. Je sais que vous ne nous attendez pas, dit gaiement Gribovitch, mais mon ami Damien Mourier nous a dit que nous pourrions nous joindre à vous ce soir.

La femme eut l'air surprise. Elle flotta un peu, puis son sourire revint.

— Baronne Henriette de Boismoreau. Très heureuse de faire votre connaissance, monsieur Grimaud. Promettez-moi de ne pas repartir sans m'avoir sautée.

— Ce sera un grand plaisir.

— Vous pourrez déposer vos vêtements là. En

fait, déposez-les où vous voulez, mon personnel les rangera là..

La baronne indiquait du geste un groupe de porte-manteaux puis elle se dirigea vers un nouveau couple qui arrivait. Les inspecteurs avancèrent et entrèrent dans la salle de réception. Il y avait de la musique. Certains couples dansaient. Tous n'étaient pas nus, ce qui soulagea beaucoup Sophie. Elle et Alex s'approchèrent de la table qui croulait sous les amuse-gueules et le champagne et se servirent.

Un grand quadragénaire parfaitement chauve arrivait du fond de la pièce, une minuscule brunette plaquée contre lui. Elle se maintenait en position verticale grâce aux bras autour du cou de l'homme mais tout son poids était supporté par le membre sur lequel elle était empalée. Lui gardait les bras écartés pour bien montrer où se situait sa force. C'est elle qui, s'aidant des cuisses provoquait les mouvements du membre dans son sexe.

— Il est costaud, le mec, dit une jeune femme, près des inspecteurs, à son compagnon.

— Bof ! La fille est petite et légère. J'en fais autant.

— Sauf que lui a déjà baisé deux nanas, ce soir. Dont moi, d'ailleurs.

Le compagnon se tourna vers Sophie.

— Je peux vous avoir ?

— Pas tout de suite. D'abord je finis mon champagne. Ensuite, ajouta-t-elle en montrant Gribovitch, j'ai promis à Monsieur.

Les inspecteurs furent bientôt les seules personnes habillées.

— Je crois qu'il faut que nous nous mettions à poil, nous aussi, soupira Alex avec une tristesse hypocrite. Sinon, ils vont poser des questions. En plus, nous ne sommes pas venus en tenue de soirée, comme eux.

— Pour ce que ça leur est utile, leurs robes Chanel et leurs smokings... Ceci dit, malheureusement, tu as raison.

Ils se dirigèrent vers le hall pour poser leurs vêtements.

— Ne fais pas cette tête, murmura Gribovitch, ému de l'effort de Sophie pour surmonter son dégoût. Tu te mets bien nue sur les plages. Je l'ai constaté de visu.

— Oui, mais sur une plage, au milieu de gens normaux, ce n'est pas pareil. C'est même le maillot qui est pervers.

Quand ils revinrent dans la salle de réception, Sophie reçut une nouvelle proposition, de se faire sodomiser, cette fois. Elle allégua son désir de profiter du spectacle d'un couple sur le lit. La femme était au-dessus, accroupie, et remuait les fesses avec tant d'énergie qu'elle ne cessait de perdre l'objet de son plaisir et devait le replacer en s'aidant des doigts. La chose fut néanmoins très brève et un murmure de déception parcourut les spectateurs.

Voyant venir de nouvelles propositions, Sophie se colla contre Gribovitch.

— Dansons.

La musique était un slow un peu ringard mais terriblement efficace. D'ailleurs, il n'y avait que des slows. Après quelques pas et frôlements d'autres couples, Gribovitch murmura :

— Excuse-moi, mais il s'agit d'un réflexe incontrôlable. Je ne peux pas m'en empêcher.

— Je veux bien, mais écarte-toi un peu au lieu de te coller à moi. Aussi, tu n'es pas obligé de poser tes mains si bas dans mon dos. Ceci dit, je n'ai pas l'intention de me laisser baiser ici ce soir. Par personne, si tu vois ce que je veux dire ? Si rien ne se passe d'ici un quart d'heure, je m'en vais.

À la fin de la danse, il y eut une courte interruption. Un blonde assez mûre, s'extasia devant le raideur locale de Gribovitch.

— Tu me la mets ? Elle est énorme.

— Trop tard. Je l'ai promise à Madame.

— Alors, je vais regarder.

L'inspecteur Gribovitch mena sa collègue vers le lit.

— N'aies pas peur. Je vais faire semblant.

Il se coucha sur elle et ils s'agitèrent avec conviction. Finalement, Sophie simula un orgasme puissant et ils se séparèrent.

— C'était bon. Je ne vais pas recommencer tout de suite, dit-elle pour être entendue.

Quand ils allèrent vers la table elle ajouta à mi-voix.

— Tu n'étais pas obligé de m'éjaculer dessus, mon cochon.

— Je ne pouvais pas me relever avec la bite raide.

Leur attention fut détournée par un nouveau couple qui entrait. La fille était une jeune Asiatique nue. Ses yeux étaient fixes et elle avait l'air parfaitement absente. L'homme était habillé d'un jean et d'un blouson de cuir noir. Il avait dans les trente ans, était blond, volontairement mal rasé et portait une boucle d'oreille à gauche. Les invités s'arrêtèrent et applaudirent.

— Vous arrivez tard, dit la baronne.

— Oui. Mais je vous amène une affaire extraordinaire.

— Comment ? On en a déjà eu des plus jolies.

— Mais celle-ci est vierge.

Il y eut un murmure de doute. La fille fut alors

allongée sur une partie libre de la table. L'arrivant et une autre femme lui tinrent les jambes écartées et tous furent invités à vérifier. Il y avait des exclamations « Je n'aurais jamais cru possible de voir ça ici », « La première fois de ma vie que je vois un pucelage ». Les femmes n'étaient pas les dernières à vouloir pratiquer l'examen. Sophie entendit l'une d'eux commenter « J'ai été pucelle, moi aussi, évidemment, mais je n'avais jamais vu à quoi ça ressemblait ».

Gribovitch aussi, tint à voir. Plus tard il expliqua à Sophie que cela faisait partie de son enquête.

Finalement, le mal rasé fit poser la fille sur le lit, où elle s'endormit. Puis il fit face à la foule.

— Un pucelage c'est rare. Donc c'est cher. Celui-ci est à vendre. Aux enchères. Messieurs, faites des offres.

Il y eut un silence stupéfait.

— Voyons messieurs... Dix mille francs de mise à prix pour le corps tout neuf de cette poupée... Qui en veut ?

Il y eut un nouveau silence, interminable, finalement rompu par une voix.

— Quinze mille !

— Quinze mille. Qui dit mieux ?

Au début, de longs silences séparaient les enchères. Puis celles-ci s'animèrent, ralentirent enfin, au-dessus de cinquante mille francs.

Sophie et Gribovitch étaient sortis vers le hall. Sophie faisait le numéro du commissariat de Sénart sur son téléphone portable. Son collègue se rhabillait précipitamment, saisissait sa plaque de police et son arme..

Quand il revint dans la salle de réception, le vendeur criait :

— Eh bien, adjugé à Monsieur !

Le hurlement sauvage de Gribovitch, « Police ! On ne bouge plus ! » fit l'effet de la foudre.

CHAPITRE XIII

Le reste de la nuit se passa à interroger les dix-neuf personnes arrêtées. Griffon avait rameuté toutes ses troupes. Sur ordre de Gribovitch et Sophie, les témoins devaient répondre à des questions précises, comme :

— Donnez-nous la liste de toutes les personnes que vous avez eu l'occasion de rencontrer dans vos soirées, même une seule fois, et décrivez-les.

Ou :

— Parmi tous ceux que vous connaissez, lesquels vous paraissent avoir une connaissance particulière des Asiatiques ?

Et encore :

— Connaissez-vous un Damien Mourier ? Qui d'autre, à votre avis, pourrait être son ami ou le connaître particulièrement ?

Parmi les partouzards se trouvaient un procureur de la République bien connu de Griffon et deux hauts fonctionnaires, de ceux dont on voit parfois les noms dans les journaux. Certains refusèrent d'abord de répondre. Le commissaire Griffon, qui se privait de sommeil lui aussi, leur fit savoir qu'en cas de refus de coopérer, leur nom seraient dans la presse le lendemain. La menace eut un effet magique et ils se mirent tous à parler.

Les invités de la partouze furent relâchés entre deux et six heures du matin car rien d'illégal n'avait pu être retenu contre eux. Prêter sa femme à d'autres, si elle est d'accord, n'est contraire à aucune loi.

Gribovitch et Sophie s'étaient concentrés sur le personnage qui avait amené la jeune Asiatique et l'avait mise aux enchères. Il refusa de parler. Sa carte d'identité, son permis de conduire et le numéro de sa voiture permirent cependant de l'identifier et de trouver son adresse. Il s'appelait Jacques Châtelain et habitait un studio de la rue des Abbesses, à Paris. Il refusa de dire où il avait trouvé la fille, comment elle s'appelait, d'où elle venait.

— Demain, s'énervait Gribovitch, elle sera sortie de l'effet de la drogue et elle nous dira bien qui elle est. Pourquoi ne pas nous le dire tout de suite ?

— Je ne sais pas son nom. C'est une personne que je connais qui me l'a amenée et qui m'a promis un pourcentage sur la vente.

— Comment s'appelle-t-il ? Où vit-il ?

— Gauthier. Je ne sais pas où il habite.

— Comme pas hasard, Gauthier et un nom si courant qu'il en est presque anonyme. Comment le connaissez-vous ?

— Je l'ai rencontré dans un bar...

— Vous êtes sûr que cet homme ne s'appelle pas Mourier ?

— Je ne connais aucun Mourier.

— Cette photo, continuait l'inspecteur en montrant celle de Mourier, vous la reconnaissez ?

— Pas du tout.

Cela dura ainsi pendant des heures. Châtelain n'avait jamais été condamné auparavant et n'avait aucun dossier à la police.

De peur de succomber à la tentation, de plus en plus forte, de le frapper, Gribovitch préféra l'envoyer au dépôt et tenter sa chance avec la baronne.

Son vrai nom était Christine Favre. Elle avait débuté dans la vie active comme call-girl de luxe. Intelligente et économe, elle avait su bien placer ses économies puis, surtout, épousé un riche client. En deux ans, elle lui avait pris tout son argent. Elle divorça rapidement et se retrouva à trente ans riche, seule et pleine d'appétit pour les activités sexuelles. Elle avait acheté le château dit de Boismoreau et pensé qu'un titre de baronne lui irait bien au teint.

Elle raconta tout ceci aux inspecteurs Alex et Sophie sans se faire prier, sans gêne.

— Pourquoi organisez-vous ces partouzes ? continuait Gribovitch.

— Pour deux raisons. D'abord parce que j'aime baiser en public et voir les autres baiser sous mes yeux. Ensuite, parce qu'il arrive souvent qu'un invité veuille me revoir en tête-à-tête et me fasse des cadeaux pour cela.

— Pourquoi y faites-vous venir des prostituées asiatiques ?

— Pour pimenter un peu. À force de se retrouver entre nous, de voir les mêmes têtes, on finit par moins bander. Je suis la seule qui sait qu'il s'agit de prostituées. Les autres hommes pensent que ce sont des étudiantes, que l'on paie pour la première fois.

— Qui vous les amène ?

Cette question de Gribovitch était importante. Toute hésitation ou, encore plus, toute tergiversation placerait la fausse baronne dans la catégorie des suspects. La réponse vint sans hésitation.

— Un certain Mourier. Il habite...

— On sait. Où est-il ?

— Je ne sais pas.

Les deux inspecteurs échangèrent un regard. La réponse leur paraissait sincère.

— Qui est cet homme qui a amené la fille tout à l'heure ?

— Mourier m'a appelée dans l'après-midi pour me prévenir qu'il ne viendrait pas ce soir mais qu'un de ses amis nous ferait une grosse surprise. Quand vous êtes arrivés, j'ai d'abord pensé que c'était de vous dont il avait parlé. Sinon, je ne vous aurais pas laissé entrer.

Alex regarda sa montre. Il était cinq heures du matin. Il se souvint d'une vieille chanson des années soixante-dix : *Il est cinq heures. Paris s'éveille*. Lui se sentait malade de fatigue. Il pensa à sa séance sur le lit avec Sophie. Qu'aurait-elle dit s'il avait cessé de faire semblant et l'avait pénétrée ? Il regrettait d'avoir été correct. Aurait-il des remords dans le cas contraire ? De toute façon, le souvenir du moment allait rester longtemps, très fort, dans sa mémoire.

Dans l'immédiat, ils avaient un fournisseur des filles, un coriace qui ne parlerait pas mais qui indiquerait peut-être une piste malgré lui, et la confirmation que Mourier était un personnage clé. Il pensait que la fausse baronne avait tout dit. Il n'y avait plus qu'à l'envoyer au dépôt pour la durée légale de la garde à vue. Le juge déciderait probablement de la libérer dans la matinée.

L'inspecteur se força à prendre le paquet des rapports d'interrogatoire. Sophie l'aida. Elle était blanche de fatigue mais ne laisserait pas échapper une plainte.

Il dressèrent la liste des invités arrêtés. Pour chacun, ils lurent le rapport puis établirent une autre liste avec les noms cités. Progressivement, par accumulation des détails glanés parmi toutes les réponses, une information émergea : un certain Henri semblait lié à Mourier et était venu avec lui. Henri était avocat et possédait une Mercedes 500 bleue immatriculée dans les Yvelines.

— Avec ça, dit Gribovitch, on va le trouver en deux heures. Mais demain !

— Que penses-tu de notre fausse baronne et vraie pute ? demanda Alex à Sophie quand ils sortirent sur la rue de Lutèce pour reprendre leurs voitures et rentrer chez eux.

— Elle a l'air sincère et coopérative. C'est presque trop beau.

Comme toutes les réformes du code pénal en France depuis très longtemps, celle de 1995 a eu pour but, inavoué mais réel, de diminuer les risques des criminels d'être condamnés. Les personnes prises dans la rafle au château de Boismoreau, Châtelain et Christine Favre, eurent donc le droit de parler à un avocat pendant leur garde à vue. Une heure après, Damien Mourier était prévenu. Il en déduisit facilement que la police avançait mais ne se sentit pas menacé dans l'immédiat. Il savait que Châtelain ne parlerait pas et ne voyait pas qui d'autre pourrait renseigner la police. Par contre, le problème de l'argent dont il avait besoin restait entier. Pour ceci, Mourier n'avait plus qu'une ressource, faire appel à Henri Granier.

*

*   *

En entrant dans son bureau, à dix heures du matin l'inspecteur Gribovitch s'effondra sur sa chaise, sans un mot. Il ne s'était même pas arrêté au distributeur pour son café. Sophie prit les mesures d'urgence qui s'imposaient, c'est-à-dire qu'elle alla en chercher un et lui mit le gobelet dans la main. Il but, marmonna quelque chose qui signifiait que s'il pouvait capitaliser toutes les heures de sommeil perdues pour la police au cours de sa carrière, il aurait droit à une retraite très anticipée.

Il dit ensuite bonjour à Sophie et demanda ce qu'il y avait de neuf.

— J'attends le nom de l'avocat Henri quelque chose. Les avocats des Yvelines qui roulent en Mercedes 500 ne doivent pas être bien nombreux.

Dallant s'en occupe. J'ai aussi demandé qu'on nous sorte tous les comptes en banque de Christine Favre sur les dix dernières années. Ce n'est pas parce qu'elle a l'air OK qu'il faut négliger de vérifier.

— Excellente idée. Merci pour le café. Il m'a donné assez d'énergie pour que j'aille en prendre un second. Après, en attendant mieux, on pourrait aller voir chez Châtelain.

— On est bien obligé. Mais, méfiant comme il a l'air, je doute qu'on trouve quelque chose.

*

* *

Châtelain habitait dans un studio de la rue des Abbesses, dans un vieil immeuble noirâtre. Il fallait parcourir un long couloir sombre et malodorant qui menait à un second bâtiment sur une arrière-cour. C'est là que se trouvait le studio, au premier étage par un escalier sans éclairage autre qu'un vasistas au niveau du toit. Le studio lui-même donnait sur la cour par une petite fenêtre. Il était meublé d'un lit, d'une armoire et d'un coin-repas avec un réchaud à butane. Le papier des murs était sombre au point qu'il n'était plus possible d'en discerner les motifs. Il n'y avait pas de téléphone. Les toilettes se trouvaient sur le palier et semblaient communes à trois logements.

La perquisition fut rapide. Michel Lebeau, l'inspecteur du service scientifique, délégué par Dallant, ne trouva qu'une seule sorte d'empreintes, preuve que Châtelain vivait seul. Il n'y avait pas un seul papier, à l'exception d'un journal de la veille et d'une carte Michelin neuve, celle de la région parisienne.

Gribovitch la déplia. Il n'y vit pas de marques.

— Dis-donc, Lebeau, dit-il regarde un peu s'il n'y a pas des empreintes là-dessus.

Les empreintes étaient fraîches et nombreuses. Surtout autour d'un gros village : Saint-Chéron.

— Regarde, dit Lebeau. Sur la route qui va de Arpajon à Saint-Chéron, la D116, on voit le glissement d'un doigt. Cette route est celle qu'il faut prendre quand on vient de Paris.

— Merci pour l'information, dit Gribovitch. Maintenant, je crois qu'on ne trouvera rien de plus ici. Notons toujours ce nom, Saint-Chéron. Nous verrons bien s'il nous sert à quelque chose.

*

* *

Henri Granier aurait pu exécuter son plan un jour plus tôt mais il s'était obligé à une organisation parfaite. Il avait passé le temps supplémentaire à réfléchir, à peaufiner les moindres détails, à chercher les failles, les risques. Finalement, il en était arrivé à être rigoureusement sûr de la perfection de ce qu'il allait faire.

À dix heures du matin, il appela la secrétaire du cabinet d'avocats que possédait sa femme. À sa voix, il comprit qu'elle n'était pas au courant du divorce des Granier. Si elle l'eut été, il avait prévu une variante et ce n'aurait pas été grave.

— Bonjour Céline. J'ai besoin du montant de ce que nous doit l'entrepreneur pour notre maison de Juan-les-Pins.

— Vous voulez dire la somme qu'il a été condamné à vous verser pour les malfaçons ?

— C'est ça. En fait, je la connais, la somme, bien sûr. Je voudrais que vous me calculiez le montant des intérêts s'il payait à la fin de ce mois.

— Il ne paiera pas. Il a fait appel.

Henri serra convulsivement le téléphone. Il eut envie de crier à la secrétaire qu'il se foutait de ses avis et qu'elle devait faire le calcul pour la seule raison qu'il demandait que le calcul soit fait. Il se força à rester aimable.

— Je sais aussi qu'il a fait appel. Mais je veux lui proposer une transaction.

— Bon. Je vous rappelle.

— Rappelez-moi à midi. Pas avant car je fais une course, ni après car j'ai un rendez-vous.

— Bien, Monsieur.

Par sécurité, il appela un concessionnaire Citroën qu'il connaissait et demanda une Xantia. Le vendeur s'empressa de décrire tout son stock. Henri Granier, par malchance, s'intéressait au modèle VSX20, le seul que le garage n'avait pas. Il demanda alors au vendeur de se renseigner auprès d'un confrère et de rappeler à midi exactement.

Granier tendait de nouveau la main vers le téléphone quand celui-ci sonna. Il regarda sa montre. La marge était confortable. Il avait le temps de répondre.

— Ici Damien. Il faut que je te voie tout de suite.

— Impossible aujourd'hui.

— Tu sais que la baronne est en taule et que j'ai les flics au cul ?

Granier s'effondra dans son fauteuil. Sa bouche était sèche. Ses mains tremblaient.

— Tu es sûr ?

— Écoute. Je ne suis pas un fou. Soyons clairs et nets. Toi, tu ne risques rien. Moi, il faut que je foute le camp. Mais je n'ai pas un rond. Il faut que tu m'en donnes. J'ai besoin de deux cent mille. Tout de suite.

Le tremblement avait gagné tout le corps de Granier. Il restait paralysé les yeux fixes vers le mur.

— Allô, allô...

Ce n'est qu'après un grand nombre de cris de Mourier qu'il parvint à répondre.

— Attends un peu, je réfléchis.

— Tu n'as pas à réfléchir. Sans fric, je ne peux pas quitter la France. Je vais très vite être arrêté. Et je parlerai, tu peux en être sûr, si tu ne m'as pas aidé.

Le cerveau de Granier fonctionnait de nouveau. Mourier avait raison. Il fallait payer. Ceci décidé, pourquoi ne pas en profiter ? L'avocat sans causes se donna encore deux minutes pour bien mettre au point un nouveau plan qui se formait dans son cerveau. Finalement, il le trouva parfait.

— Je vais te donner une adresse à Conflans-Sainte-Honorine. Note-la bien et sois-y à midi et quart, exactement. J'aurai l'argent.

Quand il eut raccroché, Granier se rendit à la cuisine et but un verre d'eau pour se calmer. Il se rendit ensuite dans le bureau où se trouvait le coffre, en tira la somme demandée par Mourier, revint vers son téléphone, appuya sur la touche « * », puis fit le « 23 », et enfin le numéro de la maison où se trouvait sa femme. À partir de cet instant, tous les appels qui lui seraient destinés seraient détournés vers le téléphone de sa femme[1].

---

1. La possibilité de renvoyer ses appels vers son bureau ou sa résidence secondaire quand on est absent est un service offert par France Télécom. Le correspondant ne s'aperçoit pas de la différence et croit que l'appelé est chez lui. On peut annuler le renvoi en revenant chez soi.

Maintenant, bien qu'il n'attendît pas d'autres coups de fils que ceux de la secrétaire et du concessionnaire Citroën, il devait faire aussi vite que possible.

CHAPITRE XIV

Sa femme ayant toujours la Mercedes 500, Henri Granier ne disposait plus que la camionnette Citroën Trafic. Arrivé à Conflans-Sainte-Honorine, il prit soin de la garer loin de la maison.

Celle-ci était une construction en pierres de taille datant des années 1900, entourée d'un grand terrain paysagé. L'avocat sonna au portail, qui fut ouvert par télécommande. Il avança dans l'allée. Élisa attendait, immobile, devant la porte de la maison.

— Bonjour, dit-elle.

Elle semblait contractée.

— Bonjour... j'ai failli dire « bonjour chérie » mais je suppose que je n'en ai plus le droit. Je peux entrer ?

— Oui.

— J'ai apporté ton collier, ajouta-t-il en tapotant sa poche.

Élisa recula et lui fit signe d'aller dans le salon.

Il entra, pour la laisser passer la première, comme machinalement. Lorsqu'elle fut de dos, il leva le bras et frappa de toutes ses forces du tranchant de la main sur la nuque offerte. Il y eut un claquement sec. Élisa s'effondra sans un cri. L'avocat se recula et donna un coup de pied, encore une fois de toutes ses forces, sur le cou.

Il s'immobilisa. Le silence était total. Il avança sans bruit dans le couloir, ouvrant les portes les doigts protégés d'un mouchoir, pour éviter les empreintes. Charn se trouvait, comme prévu, dans la chambre du fond. Elle se leva d'un bond quand elle le vit. Il fonça en avant. Elle cria et tenta de fuir. Le cri cessa quand elle eut les mains de l'avocat autour du cou. Il serra jusqu'à ce qu'elle ne bouge plus. Pour plus de sûreté, il s'assit sur son dos et tourna la tête jusqu'à briser la nuque.

Granier se redressa, sortit des gants en caoutchouc fin de sa poche, les passa posément et refit le chemin inverse jusqu'à la porte d'entrée. Il était certain de n'avoir touché à rien, sauf aux poignées de deux portes. Il les essuya.

Élisa était toujours immobile, les yeux ouverts. Pour se mettre à l'abri de toute mauvaise surprise, il lui brisa également la nuque. Ensuite, il porta le corps dans la chambre, près de celui de la Thaïlandaise et revint vers la salle de séjour. Il était onze heures quarante-cinq. Il se demanda si son costume ou ses chaussures pouvaient avoir laissé des traces. Il savait les laboratoires scientifiques de la police capables d'identifier un vêtement à partir d'une minuscule fibre de tissu. De toute façon, il avait prévu de jeter costume et chaussures dès que possible, bien avant qu'on le soupçonne.

À midi moins cinq, la secrétaire appela. Elle dicta le montant de la somme, principal, intérêts au cours légal, montant de l'article 700 (montant à payer par celui qui perd un procès à l'avocat de celui qui gagne). Granier fit semblant de noter et raccrocha. Le concessionnaire appela dans la seconde qui suivit pour dire qu'il avait trouvé une Xantia disponible. Il reçut la promesse d'une visite dans l'après-midi.

La grande pendule ancienne du salon sonna les douze coups. Granier sortit les deux cent mille francs de sa poche et les posa sur la table. Il saisit ensuite les clés de la maison, sortit, ôta ses gants. Mourier se présenta devant le portail quelques instants plus tard. L'avocat lui cria d'entrer.

— Tu as l'argent ?

— Mais oui. Entre.

— Je te préviens, j'ai un flingue.

— Pourquoi dis-tu ça ?

L'avocat avait ouvert la porte sans la toucher, en tournant la clé à fond, et ne l'avait pas refermée. Il laissa entrer Mourier. Celui-ci dut pousser la porte du salon, à demi fermée et déplacer une chaise. Il hocha la tête en voyant les billets, surveillant toujours Granier du coin de l'œil.

— Tu peux vérifier. Le compte y est.

Mourier s'assit, touchant encore une chaise et la table, vérifia.

— C'est bon.

— Alors, bonne chance. Quand tu seras là-bas, reprends contact. On essaiera de monter un autre truc, un plus solide.

— Compte sur moi.

— Comment vas-tu t'y prendre ?

— Il faut que je reste encore deux jours en France pour me faire faire des papiers solides. Ensuite, j'abandonne ma bagnole, dont les flics doivent avoir le numéro. J'en loue une autre sous mon nouveau nom et je vais à l'étranger prendre mes économies et partir pour des pays où les gosses ne sont pas protégés comme ici.

— Elles sont à ton vrai nom tes économies ?

— Oui. C'est pour ça qu'il faut que je fasse vite. Avant que les flic ne trouvent le compte et le bloquent.

— Tu vis où, pendant ces deux jours ?

— C'est mon problème.

Granier sortit quelques minutes après Mourier. Avant de prendre son véhicule, il s'arrêta à une cabine téléphonique et appela la gendarmerie de Conflans-Sainte-Honorine pour dire qu'un certain Damien Mourier venait d'assassiner deux femmes dans une maison, dont il donna l'adresse.

— Maintenant, j'ai intérêt à ce qu'il ne se fasse pas prendre, murmura-t-il pour lui-même en s'installant au volant. Quoique... s'il parle et m'accuse, je nierai tout en bloc et ce sera la parole d'un trafiquant de filles contre celle d'un homme jamais condamné. En plus ce seront ses empreintes que les flics trouveront, pas les miennes.

*

* *

L'avocat se sentait si heureux et soulagé qu'il ne se pressa pas de rentrer chez lui. Sur la nationale 184 qui traverse la forêt de Saint-Germain il s'arrêta et s'accorda un quart d'heure de marche à pied. Il trouva l'automne particulièrement beau et aurait pu rester des heures à admirer l'incendie des feuilles et le spectacle de camaïeu fauve et roux qu'offraient certains arbres. La vie lui parut soudain extraordinairement belle. Il avait devant lui la perspective d'innombrables automnes à vivre seul, grâce à l'argent d'Élisa. Une bonne partie servirait au financement de ses perversions, à Paris ou à Bangkok, et il en resterait assez pour une vie libre, sans soucis.

Avant de remonter dans son véhicule, il respira profondément pour terminer d'évacuer sa fatigue et prendre les forces nécessaires pour recevoir la police. Celle-ci allait dans peu de temps venir lui annoncer l'assassinat de sa femme. Il aurait à cet instant une partie difficile à jouer. Surtout ne pas en rajouter dans le rôle du mari désespéré. Avouer immédiatement que le couple était brisé. Granier pensait qu'un témoin qui donne lui-même tout de suite, les éléments qui l'accusent passe pour une personne tellement innocente qu'elle ne se rend pas compte qu'on pourrait la soupçonner...

En sortant de l'ascenseur à l'étage de son appartement, l'avocat ressentit un choc. Deux policiers s'y trouvaient, déjà, hésitant à repartir. Il s'agissait de la police de Versailles.

— Monsieur Granier ? dit le brigadier.

— Oui. J'ai fait quelque chose de mal ?

L'avocat avait répondu en souriant comme quelqu'un qui plaisante et ne s'imagine pas qu'on vienne le voir pour une raison désagréable.

— Il faut que vous veniez avec nous. Il s'est passé un drame dans la maison de votre belle-mère.

— Quoi ?

Granier avait crié, angoissé, incrédule.

— Euh... Nous ne savons pas exactement. Nos collègues de Conflans-Sainte-Honorine nous ont appelés, il y a cinq minutes.

— Dites-moi la vérité ! Je vous en supplie !

— Votre épouse serait gravement blessée. Mais on n'en sait pas plus. On va vous conduire auprès d'elle.

— Vite, alors !

En même temps, il se disait qu'il devait se garder de trop en faire. Le « je vous en supplie » était de trop. Mais les deux policiers étaient des jeunes et n'avaient certainement pas la psychologie nécessaire pour s'étonner. L'avocat pensa à son téléphone, dont les appels étaient toujours détournés vers la maison de sa belle-mère. Il n'osa pas demander la permission d'entrer chez lui le temps d'annuler le renvoi et suivit les policiers.

*

* *

En arrivant à leur bureau après la perquisition chez Châtelain, Sophie et Alex croisèrent Dallant qui en sortait.

— Je viens de poser sur votre table, dit-il, le nom et l'adresse de votre avocat à Mercedes 500. C'est à Versailles. Pour les renseignements que

Sophie a demandés sur les finances de la dénommée Christine Favre, réponse dans l'après-midi. Elle en a un sacré paquet de comptes en banque, de placements, de mandats de gestion chez des agents de change...

— Merci, dit Gribovitch. On va y aller. D'abord, par courtoisie élémentaire, on va prévenir les collègues de Versailles.

Quand il raccrocha après avoir appelé Versailles, il était rêveur.

— L'épouse de notre lascar a été assassinée dans une maison de Conflans-Sainte-Honorine.

— On y va ? demanda Sophie.

Gribovitch hésita puis trancha.

— Pas tout de suite. On va le voir d'abord, lui. Les flics sont sur le point de le ramener chez lui. Ils ont relevé des empreintes, dans la maison de Conflans. Qui ne sont pas de Granier.

Dallant était resté sur place. Gribovitch se tourna vers lui.

— File-moi donc les copies des empreintes de tous les gens qu'on a dans cette affaire. Même les invités de la partouze d'hier. On va les comparer à celles de Conflans. Pendant que tu les cherches, moi je rappelle les collègues de Versailles pour qu'ils en apportent une copie chez Granier.

L'avocat se trouvait déjà chez lui avec les policiers de Versailles. Il était tassé dans un fauteuil dans un coin du salon, l'air profondément abattu. Les deux jeunes policiers remirent aux inspecteurs des Affaires Spéciales le rapport de constat établi à Conflans-Sainte-Honorine, avec les photos des empreintes, et partirent, soulagés.

Sophie et son collègue se mirent à lire. L'avocat, immobile, comme assommé, ne disait rien. Finalement, Sophie ouvrit le dossier contenant les copies d'empreintes et les compara une à une à celles recueillies dans la maison de Conflans-Sainte-Honorine. Très vite, il fut évident que celles-ci provenaient de Damien Mourier. Elles étaient identiques à celles relevées dans la Mercedes 190 louée à Francfort et laissée à Roissy.

Les deux inspecteurs reposèrent leurs papiers et allèrent s'asseoir dans des fauteuils proches de celui de Granier.

— Excusez-nous de vous poser des questions dans un moment aussi pénible, dit Gribovitch. Mais il se trouve que nous avons une idée du nom de l'assassin de votre épouse et vos réponses nous aideront peut-être à l'arrêter.

— Allez-y...

— Merci. Connaissez-vous Damien Mourier ?

Granier avait réagi au nom. Il resta plusieurs

secondes sans répondre puis donna l'impression de se libérer.

— Écoutez. Je vais être franc avec vous. Avec Élisa, nous fréquentions des clubs échangistes. Mourier aussi. Donc nous le connaissions, effectivement.

— Aviez-vous déjà vu la jeune Thaïlandaise qui était avec Élisa ?

— Oui. C'est de là que vient le drame, certainement. Élisa l'avait rencontrée au cours de notre dernière euh... soirée chez la baronne de Boismoreau et elle en était tombée amoureuse. Ma femme amoureuse d'une autre femme... Je n'arrive toujours pas à y croire.

Il secoua plusieurs fois la tête et la baissa dans ses mains.

— Alors, vous vous êtes séparés, suggéra Sophie.

— Élisa et la Thaïlandaise se sont enfuies de la soirée et se sont installées chez sa mère, qui va rentrer bientôt d'un voyage au Mexique. Il va falloir que j'arrive à la joindre par téléphone pour lui dire que sa fille est morte...

— Pourquoi Mourier aurait-il tué votre femme ?

— À cause de l'autre fille, sans aucun doute. C'est lui qui les faisait venir de Bangkok. Quand j'ai compris ça, d'ailleurs, j'ai décidé de ne plus remettre les pieds au château. L'échangisme c'est une chose, le trafic et la prostitution c'en est une autre.

À ce moment, le téléphone portable de l'inspecteur Gribovitch sonna dans sa poche. C'était Dallant.

— J'ai essayé de t'appeler chez Granier mais ça ne répond pas. Pour le cas où l'info te serait utile, la pucelle que vous avez récupérée hier soir commence à se réveiller et à parler. Griffon a envoyé quelqu'un avec un interprète l'interroger. Elle s'appelle Lad Prao. Elle a reconnu la photo de Mourier. Pour l'instant je crois que c'est tout ce qu'elle a dit d'intéressant.

— Merci.

L'inspecteur raccrocha et garda le téléphone à la main. Il réfléchissait intensément et n'écoutait que très distraitement les questions de Sophie. Celle-ci demandait à Granier ce qu'il faisait à l'heure du crime. Lui répondait qu'il se trouvait à son domicile, et que deux personnes l'avaient appelé au téléphone vers midi. Gribovitch finit par interrompre l'interrogatoire.

— Quel est votre numéro de téléphone, Maître ? dit-il doucement.

— Ne m'appelez pas Maître... C'est le 01 64 25 36 99.

Gribovitch montra son portable.

— Voyez-vous un inconvénient à ce que je vous appelle avec cet appareil ?

Les deux inspecteurs virent le visage de l'avocat se décomposer et devenir terreux. Un tic lui tordit la bouche. Il se mit à trembler. L'inspecteur composa les dix chiffres et tourna la tête vers l'appareil posé sur une petite table près de l'entrée du salon. Qui resta silencieux.

— Comment expliquez-vous, Monsieur Granier, que votre téléphone ne sonne pas ? Je ne me suis pourtant pas trompé de numéro. Voulez-vous qu'on essaie de nouveau ?

Granier était recroquevillé dans son siège, incapable de répondre.

— Vous savez ce que nous allons faire ? continuait l'inspecteur. Nous allons vous emmener chez nous. Ensuite, nous demanderons à France Télécom si par hasard, vous n'auriez pas fait détourner votre ligne pour que tous les appels qui vous sont destinés soient renvoyés automatiquement vers un autre numéro, à Conflans-Sainte-Honorine, par exemple. Si c'est le cas, nous saurons vite à quelle heure vous avez effectué le transfert et donc où vous vous trouviez exactement à midi.

L'avocat transpirait mais ne pensait pas à essuyer la sueur qui perlait sur son front. Le tic se répétait, qui lui retroussait la lèvre supérieure.

Gribovitch continuait à parler d'une voix douce, mais avec une pointe de férocité joyeuse. Il prit le temps d'allumer une Gitane blonde avant de continuer.

— Si donc, vos appels ont été transférés ce matin chez votre belle-mère, le fait que vous ayez répondu à deux personnes prouvera que vous étiez chez elle.

— C'est Mourier qui l'a tuée ! cria Granier. C'est lui qui a laissé ses empreintes.

— Oui. Il a laissé des empreintes. C'est vrai. Preuve qu'il ne se méfiait pas. Parce que s'il s'était senti menacé, il les aurait essuyées. Or, il n'en a laissé aucune dans la chambre où les corps ont été trouvés.

— Et même si j'étais là-bas à midi, ça ne prouverait pas que c'est moi l'assassin, puisque Mourier y était aussi.

Gribovitch sourit. Il était heureux et ne voyait aucune raison de le cacher. Les maladresses des criminels lui facilitaient toujours la tâche.

— Vous expliquerez ça au jury. Puisque vous étiez là-bas, et que vos empreintes n'y ont pas été relevées, c'est que vous les avez essuyées. Il va vous falloir expliquer pourquoi un innocent essuie ses empreintes et monte un faux alibi. N'ayez crainte. En prison, vous aurez le temps de réfléchir sur ce sujet.

CHAPITRE XV

Mourier avait été troublé par la bonne volonté de l'avocat. Il s'était attendu à tout sauf à recevoir sans difficulté les deux cent mille francs demandés avec, en plus, des vœux de bonne chance et la promesse d'une collaboration ultérieure. Il se disait qu'à la place de Granier, il aurait plus facilement sorti son pistolet que son fric. Par ailleurs, l'avocat avait gagné assez d'argent depuis qu'il participait au trafic des Thaïlandaises, pour pouvoir disposer de la somme demandée. Après avoir longuement cherché, Mourier finit par conclure qu'il n'y avait rien de suspect dans l'attitude de son complice.

Pour aller à Paris, il rejoignit l'autoroute A15 par Montigny-les-Cormeilles. Il conduisait lentement sa Peugeot 405, prudent et respectueux du code de la route. Dans l'immédiat, même si la police avait diffusé un avis de recherche pour sa voiture, celle-ci était suffisamment banale pour que le risque soit nul. Par contre, il n'était pas question de l'utiliser pour passer une frontière.

La première action de Mourier fut de se rendre dans le neuvième arrondissement à une adresse qu'il connaissait, rue d'Amsterdam. L'immeuble n'avait pas changé, avec son épicerie orientale au rez-de-chaussée et ses petits appartements sombres dans les étages. Il n'y avait aucun nom sur les huit boîtes aux lettres, aucun non plus sur les portes. Damien sonna au troisième. Pendant une seconde, il ressentit une peur atroce que personne ne réponde et que son fournisseur de papiers, le seul qu'il connaissait, soit absent, pour un moment – ou quelques années. Mais il y eut de la lumière et la porte s'ouvrit.

Une heure plus tard, Mourier avait versé vingt mille francs d'acompte et reçu la promesse que les documents, permis de conduire, carte d'identité et passeport seraient disponibles le lendemain après-midi. Il déjeuna dans un self, acheta quelques provisions et reprit sa 405 vers Saint-Chéron. Il avait décidé que c'était là qu'il serait le plus en sécurité.

*

* *

— Je suis content, conclut Griffon, mais pas entièrement.

En arrivant dans leur bureau avec Henri Granier, ce dernier menottes aux mains, les inspecteurs avaient été invités à monter chez le commissaire.

— Nous non plus, rétorqua l'inspecteur Gribovitch. C'est vrai que nous avons arrêté un homme qui a assassiné sa femme, mais rien ne nous dit qu'il avait un rôle significatif dans le réseau. On a arrêté le propriétaire d'un bordel, mais il ne nous apprendra rien. On a identifié un membre du réseau, le passeur, mais pas le chef. J'ai l'impression que nous n'avons gratté que la surface et que le plus puant reste à découvrir.

— Ne minimisez pas vos succès, quand même. Maintenant, qu'allez vous faire ?

— Nous allons faire ce que nous faisons depuis le début. Exploiter les éléments que nous avons.

— C'est-à-dire ?

L'inspecteur Gribovitch prit le temps d'allumer une de ses Gitanes blondes. Sophie prit la parole.

— Ce que nous avons, ce sont les empreintes de Châtelain sur une carte, et elles semblent se concentrer sur un région précise. Bientôt, nous aurons le résultat de l'examen du compte en banque de Christine Favre, la fausse baronne...

Griffon approuva de la tête.

— Ces éléments seront peut-être décisifs, peut-être sans utilité. Avez-vous demandé à Granier pourquoi les autres partouzards ont dit qu'il était copain avec Mourier ?

— Évidemment, dit Gribovitch. Mais il dit que c'est faux. Il ne veut pas reconnaître qu'il était autre chose qu'un simple invité. Tant que nous n'aurons aucune preuve du contraire, il s'en tiendra là. Il est inutile que nous l'interrogions davantage. Je vous propose de l'envoyer tout de suite chez le juge d'instruction.

— Faites-le, dit Griffon. Moi, je vous laisse travailler. Vous avez mis en place les vérifications de routine ?

— Oui. Avec l'aide que vous nous avez accordée, à Sophie et à moi, le courrier de Granier, Favre, Châtelain, Mourier est détourné sur mon bureau. Il y a des répondeurs-enregistreurs chez tous ces personnages. On est en train d'analyser la liste des communications téléphoniques qu'ils ont passées, nous attendons pour dans une heure les relevés de comptes en banque. Une équipe des collègues de Versailles est en train d'effectuer une perquise à la loupe chez Granier, avec relevé d'empreintes, analyse des traces de semelles, recherche des cheveux laissés par les visiteurs ou poils des visiteuses. Il y a des enquêtes de voisinage... La totale, quoi.

Sur les tables des inspecteurs, les rapports et documents s'accumulaient. À chaque instant, des plantons en apportaient d'autres.

— Je n'aime pas quand on doit trier parmi une trop grande quantité de papiers, dit Gribovitch. J'ai toujours peur de passer à côté de quelque chose.

— Ne fais pas semblant d'être modeste. En toi-même, tu es sûr de ne jamais rien rater. Que faisons-nous pour cette carte de la région parisienne avec les empreintes de Châtelain autour de Saint-Chéron ?

— Je me le demandais. Tu crois qu'il pourrait avoir une maison là-bas ?

En parlant, l'inspecteur avait pris son Minitel et appelé les renseignements téléphoniques. À sa grande déception, il n'y avait pas de numéro au nom de Châtelain à Saint-Chéron. Alex coupa la communication et appela Dallant

— Dis-donc, tu pourrais voir si Châtelain posséderait une maison ou un autre local ou aurait des parents qui habiteraient à Saint-Chéron ?

— Je te rappelle.

Les deux inspecteurs se mirent à étudier les documents qui s'entassaient. Pour faire de la place sur sa table, Alex posa sur une chaise les dossiers remis par Griffon au début de l'enquête, et qu'il n'avait toujours pas ouverts.

C'est Sophie qui éplucha les relevés des nombreux comptes en banque de Christine Favre. Elle ne put rien y trouver d'utile. Par contre, elle réagit devant un papier sur lequel Dallant avait fait, avec son ordinateur, le cumul de toutes les entrées et sorties. Elle appela son collègue, qui était sur le point d'ouvrir une lettre adressée à Granier et prise dans sa boîte aux lettres.

— Regarde donc le montant retiré, là.

Le montant était de huit millions de francs. Il avait été retiré en liquide par prélèvements sur tous les comptes. La date remontait à un peu plus de deux ans.

— Il faudra lui demander ce qu'elle a fait de tout cet argent, décida Gribovitch.

Puis il sursauta.

— Con que je suis ! La date, c'est peu de temps avant que Boivin achète l'*Hôtel d'Alexandrie*... Il nous a dit que le prix était de sept millions. Avec les frais de notaire, il a bien dû avancer à peu près huit. Bravo ! Si j'osais, je t'embrasserais.

— Après ce que tu m'as fait au château de Boismoreau, tu deviens timide...

— En tout cas, voici notre chère fausse baronne qui passe dans la catégorie des maquerelles. C'est elle la vraie propriétaire de l'hôtel où des Thaïlandaises parmi d'autres finissent leur vie, à trente bites par jour.

Gribovitch téléphona au dépôt pour qu'on lui envoie Christine Favre. La réponse fut qu'elle avait été libérée par le juge, sans mise en examen.

Il demanda alors à Griffon la permission de la faire arrêter de nouveau. Le commissaire voulut passer par le juge, qui ne fit pas de difficultés pour une nouvelle garde à vue. Les policiers de Sénart furent chargés de la mission.

Les deux inspecteurs se replongèrent dans leurs papiers, sans rien trouver de décisif. En attendant que Christine Favre arrive, ils allèrent dîner rapidement dans un self-service.

*

* *

— Que se passe-t-il ? demanda la fausse baronne, quand elle fut introduite dans le bureau des inspecteurs. Si vous voulez me poser des questions, il suffit de me téléphoner, ou de me demander de venir. Ce n'est pas la peine de déranger quatre policiers.

— Il se passe, chère madame, dit gentiment Gribovitch, que nous avons arrêté le propriétaire officiel de l'*Hôtel d'Alexandrie*, rue de Chartres, dans le XVIIIe.

— Et alors ? Je ne connais pas cet établissement.

— Alors, il prétend être un simple intermédiaire. Le véritable propriétaire, celui qui a donné l'argent, ce serait vous.

— Mais... Mais... C'est impossible. C'est totalement faux. Cet homme ment !

La baronne avait l'air d'un innocent que l'on accuse brutalement d'avoir tué ses enfants. Son visage, ses accents exprimaient l'indignation, la stupéfaction, la colère devant l'énormité du mensonge, l'incrédulité devant l'absurdité de l'affirmation.

— Alors, pourquoi, demanda calmement Gribovitch, avez-vous retiré huit millions de francs de vos comptes en banque, il y a deux ans et des poussières ?

— Je vais tout vous dire. Je préfère dire la vérité, même désagréable, que d'être accusée d'énormités pareilles. Voilà. J'ai été victime d'un maître chanteur. C'est pour ça que j'ai retiré l'argent en petites sommes. Chaque fois, je pensais en avoir fini.

— Tiens donc... Qu'aviez-vous fait pour qu'on vous fasse chanter ?

— Moi, rien. Par contre un homme dont j'étais très amoureuse avait couché avec une mineure un peu avant qu'on se connaisse. Les parents le menaçaient de porter plainte.

— Vous avez donc payé huit millions pour sauver votre ami... Vous étiez vraiment très amoureuse et généreuse. Le nom de cet ami ? Et qu'a-t-il fait pour que le chantage cesse ?

— Il a menacé les parents de les tuer. Son nom, c'est Jean Martin.

— Il habite où ?

— Je ne sais pas. Nous nous sommes quittés quand j'ai appris qu'il avait menacé les parents. À l'époque, il habitait chez moi. Je ne sais pas où il habite aujourd'hui.

— Et avant d'habiter chez vous ?

— Je ne sais pas.

L'inspecteur Gribovitch se tourna vers sa collègue.

— Combien tu paries que ce Jean Martin est de taille moyenne, de corpulence moyenne et que nous ne le retrouverons jamais ? Et combien tu paries que madame la baronne est en train de nous prendre pour des pauvres cons ?

— Je vous jure, cria Christine Favre, que c'est la vérité !

— Moi je vous jure que vous coucherez en prison ce soir !

Les deux inspecteurs interrogèrent encore Christine Favre pendant une heure, sans résultat, et l'envoyèrent au dépôt.

— Elle est coriace, la salope, commenta Alex.

— Elle ne t'a pas cru quand tu as affirmé que Boivin l'avait accusée. Elle doit être sûre qu'il ne parlera pas.

— Je le pense aussi. En plus, dans quelques

heures son avocat aura rencontré celui de Boivin et elle aura confirmation que je lui ai raconté des blagues. Au moins elle a été prise de court et n'a pas eu le temps de préparer une explication crédible. Son histoire de maître chanteur va faire bien rigoler le juge d'instruction.

Il regarda sa montre, se mit en colère et donna un violent coup de poing sur sa table.

— Neuf heures du soir ! Aucune piste en vue ! Mourier qui se promène toujours et ne va pas tarder à être définitivement à l'abri, s'il n'y est pas déjà. La troisième Thaïlandaise de l'*Hôtel d'Alexandrie* qui va bientôt être tuée, si ce n'est pas déjà fait. Merde !

— Allons nous coucher. Peut-être que demain...

— Tu as raison. Espérons que Dallant va trouver pourquoi Châtelain s'intéressait à Saint-Chéron.

— Laisse tomber. Le coup de fil que j'ai eu pendant que tu cuisinais la baronne, c'était lui. Il n'a rien trouvé. Châtelain n'a aucun local là-bas, aucune famille non plus.

— Encore merde !

Sophie se baissa, prit une enveloppe qui se trouvait par terre et la tendit à son collègue.

— Tu as fait tomber ça quand Christine Favre est arrivée. Je la ramasse pour que la femme de ménage ne la jette pas.

— Une facture de la Lyonnaise des Eaux, râla Alex, toujours de très mauvaise humeur. Que veux-tu que j'en foute ?

Il déchira néanmoins l'enveloppe pour en mettre le contenu sur la pile des papiers sans utilité et sursauta.

— Regarde ! hurla-t-il. Une facture pour une maison à Saint-Chéron.

Ils se cognèrent la tête à se précipiter sur le document. Il s'agissait de la facture annuelle pour une consommation de quinze mètres cubes d'eau. Elle était adressée à Henri Granier et concernait sa maison de Saint-Chéron.

Gribovitch se redressa d'un bond, agitant ses bras comme des sémaphores. Sophie ne l'avait jamais vu dans une colère aussi violente.

— Je n'arrête pas de faire le con, dans cette affaire ! Je deviens gâteux ! Si Châtelain avait besoin d'une carte pour aller à Saint-Chéron, c'est qu'il ne connaissait pas la ville. Donc, c'était imbécile de se demander s'il y avait une maison. J'aurais dû penser que c'est un complice qui l'avait, la maison et y invitait Châtelain ! Quel con !

Sophie savait qu'il était inutile de tenter de raisonner son collègue. Sa colère se dissiperait vite et son inébranlable confiance en lui reprendrait le dessus. Elle préféra se mettre au Minitel et trouver le numéro de téléphone de la gendarmerie de Saint-Chéron.

Quand elle l'eut, Alex était déjà parfaitement calmé et c'est lui qui appela les gendarmes pour demander une mise sous surveillance immédiate de la maison, avec arrestation de tous ceux qui pourraient en sortir ou vouloir y entrer.

Il se tourna ensuite vers Sophie.

— Bon. Qu'est-ce qu'on fait ?

Il était tendu comme un chasseur qui sent sa proie proche et oublie toute fatigue.

— Si Griffon était ici, il ne manquerait pas de te dire que nous n'avons pas le droit de pénétrer chez les gens entre...

— Dix heures du soir et six heures du matin. Je sais. Mais cette baraque m'intéresse énormément. Je vais aller voir tout de suite. Je ne serai pas obligé d'entrer. Si tu veux, je te dépose chez toi en passant et on se donne rendez-vous là-bas demain à six heures zéro minute zéro seconde pour entrer légalement.

— Je préfère t'accompagner et modérer ta tendance à en faire trop.

*

* *

Les deux inspecteurs se rendirent d'abord à la

gendarmerie de Saint-Chéron. Le seul gendarme présent, un adjudant, leur expliqua où se trouvait la maison.

— Combien de monde avez-vous mis pour la surveillance ? demanda Gribovitch.

Le gendarme le regarda avec effarement.

— Vous savez combien nous sommes, ici ? Deux ! Le brigadier est là-bas. Il faut bien que je reste ici pour la permanence.

— Bon. Merci. Si vous pouviez appeler votre collègue pour lui dire de ne pas réagir en nous voyant arriver...

— Tout de suite...

Ils firent, suivant les instructions du gradé, près d'un kilomètre vers la vallée après être sortis du village. Après un coude, ils virent une voiture garée sur le bas-côté, la seule sur cette route de campagne. Il ne pouvait s'agir que de celle de la gendarmerie. On pouvait distinguer la silhouette d'un homme assis au volant. L'entrée du terrain de Henri Granier se trouvait à peine une dizaine de mètres plus loin.

— Pas très discret, râla Alex. Aucune voiture ne se gare ici sans raison particulière. Les quelques maisons qu'on peut voir sur cette route ont toutes des jardins et des garages. Si j'étais malfrat, je me méfierais et passerais mon chemin sans m'arrêter.

Il avança lui-même encore d'une vingtaine de

mètres et dissimula la Mégane de service entre deux arbres.

— Et maintenant ? dit Sophie. Nous n'avons pas vu la maison. Elle est cachée par la haie.

— J'ai le droit de me promener dans la campagne, même la nuit, et de m'écarter de la route pour un besoin naturel.

— Je te suis. Je me tournerai s'il s'agit vraiment d'un besoin naturel.

En bordure de route, le terrain de l'avocat était entouré d'une haie de thuyas de plus de deux mètres de haut dont la seule ouverture était un portail.

— C'est ici exactement que s'arrête ton droit de te promener ou de satisfaire tes besoins naturels, insista Sophie.

Alex resta immobile un long moment en proie à un violent débat intérieur. Finalement, il souffla :

— Regarde la serrure. Elle a été forcée.

— C'est vrai...

— J'ai le droit de présumer qu'un cambriolage ou autre délit est en cours. Donc mon devoir est d'entrer.

L'inspecteur tourna la poignée et poussa. Le battant s'ouvrit.

CHAPITRE XVI

Mourier avait voulu dîner dans un bon restaurant, probablement son dernier en France, puisqu'il partait le lendemain matin. Il était ensuite allé rue Saint-Denis pour voir une fille qu'il connaissait, mais qu'il n'avait pas trouvée.

Quand il arriva à Saint-Chéron près de la maison de Granier, la vue de la Renault bleue de la gendarmerie garée, seule, sur le bas-côté de la route, le secoua comme une décharge électrique. Il continua et se gara beaucoup plus loin, dans un chemin transversal. Là, il resta immobile le temps que le tremblement de ses mains s'apaise et que son cerveau redevienne capable de fonctionner normalement.

Donc la police avait trouvé la cachette de Saint-Chéron. Et certainement arrêté Henri. Les mâchoires de l'étau se refermaient à une vitesse d'autant plus effrayante qu'il ne savait toujours pas grâce à quelles informations les flics avançaient.

Le plus simple serait de fuir immédiatement et de terminer la nuit dans la voiture. Cette solution laissait dans la maison, outre les traces de son passage, la fille qui se trouvait toujours dans la cave.

Bien que Mourier se refusât à envisager la possibilité d'être arrêté, il lui parut évident que, si cela arrivait, la preuve qu'il avait séjourné à Saint-Chéron lui vaudrait dix ans de plus. Avec cette preuve, il cessait d'être un simple passeur et ne pourrait plus nier avoir été activement complice du réseau.

D'un autre côté, détruire les traces et faire en sorte que la fille ne parle jamais plus, obligeait à entrer. Pouvait-il prendre ce risque ? Non, évidemment, si les gendarmes étaient à l'intérieur. Mais si c'était le cas, ils n'avaient aucune raison de laisser une surveillance à l'extérieur. La maison était donc certainement libre et la police n'y pénétrerait pas avant le matin à six heures. Mourier connaissait parfaitement les lois.

Il connaissait aussi une possibilité d'entrer dans le terrain par derrière. Le mur qui longeait la rivière était à demi écroulé sur quelques mètres et facile à sauter. Il suffisait pour ceci de prendre un sentier que les flics ne pouvaient pas connaître.

Damien Mourier descendit de sa 405, vérifia qu'on ne la voyait pas de la route et avança vers les bosquets. Par chance, la lune éclairait suffisamment pour qu'il arrive à se diriger sans trop se griffer aux branches et, surtout, sans tomber dans l'eau, très proche.

Arrivé sur le terrain, il commença par se rendre dans l'abri en bois où étaient stockés les outils. Il dut chercher longtemps à tâtons, car l'endroit était parfaitement obscur et il se cogna douloureusement un genoux à la tondeuse à gazon. Finalement, il eut les doigts sur le jerrycan d'essence et le souleva. D'après le poids il devait y avoir près de dix litres. Cela suffirait.

Mourier se dirigea alors vers la maison, son jerrycan à la main. Le terrain n'était pas entretenu et il devait faire très attention à éviter les ronces et les branches tombées. Il évitait de faire du bruit, d'instinct, bien qu'il fut persuadé que personne ne pouvait l'entendre.

Il avait détruit la serrure en la forçant la porte et il entra en la poussant simplement. Il referma et alluma la lumière. La maison n'était pas visible de la route et, de toute façon, les gendarmes n'entreraient pas avant le matin. Le grenier était accessible par une échelle partant d'un réduit au premier étage. Il y monta et répandit la moitié de l'essence.

Au premier étage, il fit couler le reste sur le plancher en bois et des meubles. Il n'avait plus qu'à allumer une allumette et partir. La fille à la cave serait probablement brûlée ou asphyxiée. Probablement... Il valait mieux quand même, par sécurité, la tuer avant.

La clé de la cave était posée sur la table de la cuisine. Mourier descendit en sortant son pistolet. La fille se réveilla en sursaut, eut un cri de peur en voyant l'arme. L'idée qu'il avait devant lui une agonisante donna brusquement à Mourier une violente érection. La fille se libéra de ses couvertures et voulut se lever mais il fut sur elle avant qu'elle eût pu le faire. Il l'immobilisa d'une main, défit son pantalon de l'autre. Elle se mit à hurler. Il l'assomma à demi d'un coup de poing, parvint à la pénétrer. Elle reprit conscience et recommença à hurler. Le fait de violer une fille sans l'avoir abrutie de drogues, les cris et les tentatives de défense, excitèrent encore plus le trafiquant. Pour rester en elle sans l'assommer, il avait cependant besoin de ses deux mains. Il glissa son arme à la ceinture.

Il était sur le point d'éjaculer quand il entendit un « Stop ! » hurlé. Il se laissa basculer sur le côté, saisit son pistolet, tira au jugé, sans viser, manqua sa cible, prit une balle dans le ventre et se mit à crier, à son tour.

CHAPITRE XVII

Le commissaire Griffon regarda ses collaborateurs. Gribovitch marquait la fatigue par des yeux rouges, un rasage manquant et les traits tirés. Sophie, elle, n'en montrait aucun signe sauf, peut-être, un maquillage plus soutenu qu'à l'accoutumée. Elle avait changé de coiffure et portait deux mèches sur le front, faussement dépeignées. Le commissaire se retint de dire qu'il aimait et se concentra sur l'affaire, dont Gribovitch achevait le récit.

— Ça sentait horriblement l'essence. J'avais peur qu'une étincelle mette le feu. J'ai même fait appeler les pompiers au cas où

— Il va s'en sortir ?

— Oui. J'ai pris soin de tirer dans le ventre. Je ne garantis pas qu'il ne finira pas sa vie sur une chaise roulante ou grabataire dans un hospice.

Le sourire de l'inspecteur quand il émit ces hypothèses montrait qu'il ne compatissait absolument pas à la souffrance de Mourier. Il sortit une Gitane blonde.

— Qu'est-ce que la maison a dit, à part ça ? continua le commissaire.

Sophie laissa son collègue allumer sa cigarette et répondit.

— Surtout qu'il y avait des empreintes de Christine Favre. Avec ça, elle est définitivement coincée.

— Qu'est-ce qu'elle dit ?

— Rien, pour l'instant. Elle pleure. Je pense qu'elle attend d'avoir vu son avocat pour organiser sa défense.

— Quoi d'autre ?

— Dallant et son équipe ont passé la cave au peigne fin. Il a recueilli des cheveux, des poils, et même des traces infinitésimales de sueur ou de salive d'au moins cinq personnes différentes, en plus de la dernière, Lad Prao. Je suis prête à parier n'importe quoi que ça va correspondre à certaines de celles trouvées mortes. Il y avait aussi deux grosses bonbonnes d'acide sulfurique dans un abri en bois, dans le jardin. Le même acide que celui utilisé pour défigurer les cadavres.

— Vous vous souvenez de Boivin, le propriétaire de l'hôtel ? reprit Alex. On l'a cuisiné ce matin. Maintenant qu'il a compris que les autres étaient dans la merde et qu'il pouvait parler sans risques, il nous a tout expliqué. La patronne de tout ça c'est, enfin c'était, la fausse baronne, Christine Favre.

— C'est donc bien elle la vraie propriétaire de l'hôtel ?

— Oui. Le gérant c'était Châtelain mais il lui obéissait à elle et lui donnait les bénéfices. Quand les filles n'intéressaient plus les partouzards, il les prenait dans son bordel et les exploitait jusqu'à ce qu'elles meurent de la drogue ou qu'il les tue.

Griffon réfléchit avant de demander.

— Il va être difficile de prouver qu'il les tuait volontairement. Une overdose est parfois accidentelle.

— C'est vrai, dit Sophie. Mais ça fait vraiment trop d'accidents à la suite...

— Le rôle exact de Mourier et de Granier ?

— On ne sait pas encore tous les détails mais il est clair que Mourier était le passeur. Sa motivation était le fric. Pour Granier, il y avait à la fois le fric et la volonté d'être admis dans les partouzes mondaines mais il fallait pour ça qu'il décide sa femme à venir aussi. C'est le prix à payer, dans ces milieux.

— Du beau boulot conclut le commissaire. On est samedi. Il est seize heures. Il vous reste tout le travail administratif, mais vous n'avez pas déjeuné...

— Ni pris de petit déjeuner, à part des cafés au distributeur, coupa hargneusement l'inspecteur Gribovitch. Ni dormi, d'ailleurs, depuis vendredi matin.

— Ne vous énervez pas... Je voulais vous dire que je suis conscient de tout ce que vous avez fait cette semaine et que je vous dispense de venir lundi.

— Vous êtes trop bon avec nous, railla Alex. Nous enlever huit heures de travail pour nous remercier d'une nuit en avion, de deux autres nuits blanches ou presque, d'un nombre d'heures de travail qui dépasse extraordinairement le maximum recommandé par les syndicats, d'une tentative d'assassinat par barre de fer, d'une autre par arme à feu. Vraiment, des patrons comme vous, il n'y en a pas deux au monde.

Il se leva, imité de Sophie, et lâcha :

— Heureusement !

Achevé d'imprimer en janvier 1997
sur les presses de l'Imprimerie Bussière
à Saint-Amand (Cher)

VAUVENARGUES - 12, avenue d'Italie - 75627 Paris Cedex 13
Tél. : 01-44-16-05-00

— N° d'imp. 2796. —
Dépôt légal : janvier 1997.

Imprimé en France